後宮妃の管理人 四
～寵臣夫婦は立ち向かう～

しきみ彰

富士見Ｌ文庫

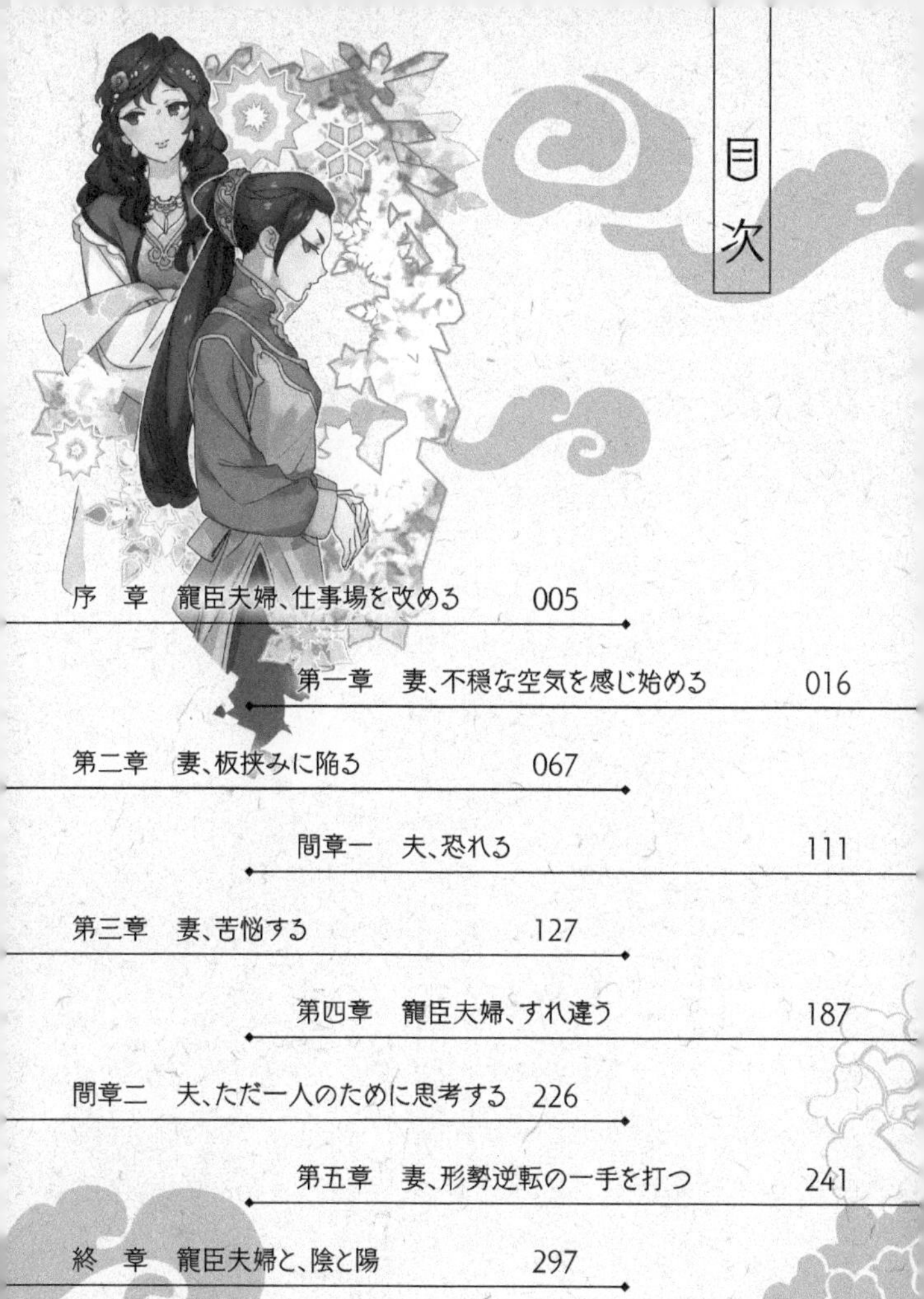

目次

序章　寵臣夫婦、仕事場を改める

しんしんと、雪が降り積もる。

都・陵苑（りょうえん）の初雪だ。吐息を漏らせば白くけぶり、思わず身震いしてしまいそうになるほどよく冷えた朝だった。

そしてそれは、陵苑の中心部にあたる宮廷——その花園である後宮でも同じで。凍（い）てつくような寒さのせいか、いつもは一番に動き出す朝餉（あさげ）作りの宮女たちの朝も遅く、洗濯場で洗い物をしている宮女たちの動きもいつもより緩慢だった。それもそのはず、彼女たちが使う水はキンと冷え、触れれば刺すような痛みを指先から全身に伝えてくる。仕事などはかどるはずもなく、皆口々に愚痴を言いお互いを励ましながら職務を行なっていた。

それと同時に、後宮妃（きさき）たちの朝も幾分遅い。寒さに耐え兼ね、いつもより起床が遅くなっているようだ。そんな主人たちを労（いたわ）るべく、侍女たちは温かいお茶を淹（い）れるための湯を沸かしたり、火鉢に炭を足したりそこに温石（おんじゃく）を入れたりしている。

そんな、いつもよりゆったりとした。思わず息をひそめたくなるような妃たちの花園の一角で。

「それじゃあ、引っ越しを始めるわよッッッ!?」

――とてもとても場違いな女性の声が響いていた。

後宮妃の管理人、珀優蘭のそれである。

寒空の下でもいつもの調子を崩さない彼女は、部下たちと皇帝派宦官たちに向けてそう言い放っていた。

「寒いし体も動かないかもしれないけれど、引っ越しに取れる時間はそう多くないわ。できれば今日中に全てを終わらせたい。いや、終わらせるつもりで仕事に臨むように！　荷物の配置は、昨日渡した配置図を参考にして。……それじゃあ、始めて！」

『はいっ！』

掛け声と共にキビキビと動き出す部下たちを尻目に、優蘭はため息を漏らす。

どうして、こんな寒い日に引っ越しなんてやることになったのかしら……。

そして、薄曇りの空を眺めながら内心そう嘆いた――

＊

ことの発端は言わずもがな、皇帝である。

いつもと同じく唯我独尊、良くも悪くも皇帝らしい大仰な態度の皇帝に優蘭が呼び出されたのは、数日前のことだ。

開口一番、皇帝は言った。

「珀優蘭、健美省の職場が完成した。よって、早急に移住するが良い」

……は？　今なんて？

優蘭は思わず、自分の耳を疑った。そして自分の聞いた言葉が嘘でも冗談でもないことを、皇帝のとなりで佇む夫の複雑な気持ちを混ぜこぜにした表情から悟ったとき、今度は皇帝の正気を疑った。

よりにもよって、何故この時期に！

それが、優蘭の本音だ。

そもそも、引っ越しというのはそれ相応の労力をもって臨む一大行事だ。人員は必要になるし、棚に置いてある荷物を籠や箱などに入れて荷造りもしなくてはならない。そして、新居にどう設置するのかというのも考えなくてはならないのだ。

それに加え、今の季節は冬。今にも雪がちらつきそうなほど冷え切った、動くのさえ億劫になる時季である。

さらに言うなら、この時期の宮廷仕事というのは割と多い。年末には各部署のお偉い方が一堂に集う『紫金会』が開かれ、今年優良だった部署に褒美を与えたり来年の予定などを皆の前で伝える会議が存在する。新参者である健美省はこれが他部署との初顔合わせになるため、とても重要な会議でもあった。

つまり、健美省は今とてもとても忙しいのだ。

それを差し置いても、この時季に引っ越しをしたい人間などそう多くはない。やるとしたら、のっぴきならない事情がある人か、施工事情によりこの時季にまで引っ越しが延びてしまった人くらいだ。そんな裏事情など関係なく気軽にそんなことが言えるのは、自分で作業をしない貴族くらいである。

まあ今回それをのたまったお相手は、貴族どころか皇族だからそんな配慮がないのは当然だけれどね!?

それに、今回の引っ越しは健美省――優蘭たちの職場となる宮殿への引っ越しだった。

『健美省』という名の部署が作られたのは、今年の夏頃になる。それと同時期に、皇帝は健美省の城となる宮殿を改築し始めた。

それまではずっと、皇帝派宦官たちの職場である『珠玉殿（しゅぎょくでん）』を間借りさせてもらう形で仕事をしていたのだ。それだけでも気を遣うのに、気がつけば部下は七人に増え、皇帝派宦官たちの職場をかなり圧迫する形になっていた。

そろそろどうにかしたいなと思っていた優蘭としては、願ってもない吉報だ。――そう。

時季さえ考えてもらえたら、皇帝への評価を改めるくらいには喜ばしい通達だったのに。

それをこの男は。

思わず白んだ目で見てしまったのは、致し方のないことだったと思う。

しかし、今回の件に関しては文句を言える立場にないことを重々承知していた優蘭は、「賢妃様に告げ口してやろう」と思いながらも二つ返事で了承をしたのだ。

＊

健美省の職場は、皇帝により『水晶殿』と名付けられた。名の由来は知らないし、別に興味もない。優蘭としては、快適に仕事ができればなんでも良いので。

そんな水晶殿に荷物を運び終え荷ほどきを終えたのは、昼餉の時間を半刻ほど過ぎてから。掻き込むように昼餉を終えて掃除をしひと心地つけたのは、それから一刻経ってからだ。

優蘭は、節々の痛みに耐え兼ね卓上に突っ伏していた。

無理……ほんと無理……。

新たなる執務室の広さや収納の多さに感動する間もなく、遠い目をする。

ついこの間誕生日を迎え、二十九になった優蘭。そんな彼女に、短期間での引っ越しはかなり応えた。若いって良いわね、と達成感に満ち満ちた喜びを分かち合う声をどこからともなくあげる部下たちを眺めながらそう思う。

ぱちぱちと、部屋に備え付けられた火鉢の炭が音を立てていた。キンッと冷えた空気と火鉢の熱が混ざり合い、乾いた匂いがする。

冬の、匂い。

この空気が、優蘭は嫌いではなかった。冬は不思議と、どの季節よりも時の流れをゆっくりに感じるし、目をつむると音さえ遠くにいってしまったように錯覚する。そんな曖昧な感覚が、なんとなく気に入っている。

優蘭がしばしそれに浸っていると、眼前にことりと茶器が置かれた。

瞬間、体が引っ張られるように意識が浮上する。思わず視線だけをあげれば、にこりと微笑む絶世の美人がいる。

「お疲れ様です、優蘭様」

ほつれのない艶やかな黒髪に、涼やかな黒い瞳、長い睫毛、そして色気がほのかに漂う泣き黒子。誰もが見惚れる美しい人こと、健美省女官・蕭麗月――もとい、皇帝の宰相の一人、右丞相・珀皓月。

優蘭の夫でもある女装美人は、疲労などかけらも見せず微笑んでいた。

降り注ぐ優しい眼差しを一身に浴びているからか、優蘭の体に力がこもる。

緊張が顔と態度に出ないよう細心の注意を払いながら、優蘭はゆっくりと起き上がった。

「ありがとう、麗月。お茶、いただくわね」

茶器を手にとり、一口含む。爽やかな緑茶の香りが鼻を通り抜け、お茶の熱が喉を伝って全身を温めてくれる。優蘭の好みを完璧に把握した茶葉とお茶の熱さに、さすが皓月だと優蘭はほっこりした。

同時に、夫婦として若干の進展を見せた関係を思い出し気恥ずかしくなる。

名前を呼び捨てにしただけでこんなにも気持ちがざわめくとは、思わなかったわ。

でも、不思議とそれが嫌ではなく、むしろ心地よいと感じてしまうのは何故だろう。優蘭は未だに、自身が抱いている感情に名前をつけられずにいた。このおかしな感情は、なんなのだろう。

優蘭はハッとした。

今は、仕事中！

自分に改めて活を入れた優蘭は、頭の中に浮かんだ邪念を振り払った。疲れた体に鞭を打ち、へらりと笑う。

「さすがね、麗月。あんなにも率先して動いてくれたのに疲れていないなんて、羨ましいわ。私なんて、指示出しのほうが多かったのに体がガタガタ……」

「いえ、疲れるのは当然ですよ。むしろ、よくここまで素早く転居の用意を進めたと思います」

そう笑ってから、皓月は申し訳なさそうに眉を寄せた。

「……むしろ、陛下がご迷惑ばかりおかけして申し訳ありません」

「い、いやいや、時期は最悪だったけれど、でもいい加減珠玉殿を間借りするのは悪いと思っていたし。それに、内装の派手さを除けばいい立地の良い建物だもの、ここ。もったいないくらいだわ」

そう。『水晶殿』と名を改めたこの宮殿は、元々先代皇帝の寵妃が使っていたものだった。それを、皇帝特権という職権濫用で改築したのは皇帝だ。優蘭は特に何も言っていないし聞いていない。

寵妃が使っていただけあり紫苑宮からほど近く、尚且つ四夫人のどの宮殿にも向かいやすい素晴らしい立地にある。

内装も皇帝の趣味が多分に盛り込まれているせいで金飾りがちょくちょく使われているものの、部屋数も多く収納場所もたくさんある。今までは八人で限られた場所だけを使っていたのだから、それを考えると雲泥の差だ。

これでもう、皇帝派宦官の皆さんの優しさに甘えずに済む……。

それに一番ホッとする。優しさに甘えるのと頼るのは、似ているようで違うからだ。仕えるべき主人は同じで、派閥も同じで、何かと関係性が近いからといって、近過ぎるのは良くないと常々思っていた。そこが、今回の引っ越しで解消されたことに、優蘭はものすごい安堵を覚えていた。

それは、今まで積み重ねてきた経験や直感から弾き出されたものだ。そこを混同すると、仕事というのは途端上手くいかなくなる。

そう皓月に話せば、苦笑する。

「そう、ですね。確かに、優蘭様のおっしゃるとおりです。わたしにも、そういった経験はありますから……」

「あら、麗月にも？」

「はい。……血を分けた家族だからと言って、やはり仕事と私事は分けるのがいいです」

「あーなるほど。ご家族多いものね……」

皓月のことを言っているのだと分からない程度に薄らとぼかしながら、優蘭は苦笑した。未だ全員には会えていないが、婚姻の際と皇帝に御目通りをした際に数人と顔を合わせている。あと会っていないのは、皓月の姉が一人と、妹が一人。いつか全員に会ってみたいものだと優蘭は思った。

皓月の嫁、ひいては珀家の嫁として認めてもらえたらいいんだけど……。

まあ、今はそれを考えている場合ではない。さらに言うなら、皓月がどこか遠い目をしていたので、それを払拭する意味でも優蘭は気を取り直して「それはともかく！」と大きく叫んだ。

「だから、陛下にはその点は本当に感謝してるのよ。……時季を考えてくれと文句は言いたいけれど！」

「ははは……」

困った笑みを浮かべる皓月に、優蘭も釣られて笑った。

さて、と優蘭は痛む足を軽く揺らしてから立ち上がる。

「引っ越しも無事終わったし、改めて挨拶回りでもしましょうか」

「はい。本日は四夫人の皆様への挨拶回りということで、問題ありませんか？」

「ええ。ついてきてくれる？　麗月」

「はい、もちろん」

すると皓月は、優蘭の傍らに立ちながらそっと身を屈めてきた。

そして、右手を添えてそぅっと。優蘭の耳元に唇を寄せる。

「優蘭」

たった、一言。それだけなのにどうしてこんなにも、息が苦しくなるのだろうか。

びくりと、肩が震えた。今まで落ち着いていた心臓が早鐘のように鳴り響き、体温が上がる。優蘭の心境を知ってか知らずか、皓月は『麗月』にしては声を低めてゆるく笑う。

「足、大丈夫ですか？」

今こんなにも心臓が鳴り響いているのは、皓月に足が痛いことがばれていたからだろうか。それとも、労りの言葉が嬉しかったから？　彼女の——否、彼との距離が近かったからだろうか。

「もう一踏ん張り。頑張りましょうね？」

その言葉に一も二もなく頷いた優蘭は、緩みそうになる口元を必死に引き結んで大股で歩く。くすくすという笑みが後ろから付いてきて、付かず離れずの距離を保っていることを肌で感じ取った。

だが振り返る勇気はなく、ずんずん進む。

「さ、さあ、行きましょうか！」

そう大きな声でわざとらしく言葉を吐き出しながら。

優蘭は火照る体を早く冷まそうと、足早に外へ向かったのだった——

第一章　妻、不穏な空気を感じ始める

水晶殿に予期せぬ嵐がやってきたのは、うんと冷える薄曇りの昼下がりだった。

珠玉殿から水晶殿へと職場を移してから、早三日。妃たちへの挨拶回りを早々に終え、今日も今日とて年末会議『紫金会』のための資料と情報整理を皓月と行なっていた優蘭は、入室許可もなく開かれた扉を見てびくついた。

「長官！　敵襲ですよ！」

「はい？」

そんな言葉と共に入ってきたのは、健美省女官である李梅香だ。情報通で顔が広く流行に敏感、尚且つ徳妃と友人関係を築いている、将来有望な少女。武術を得意とし、普段ならば礼儀を遵守する彼女がそんな礼儀知らずで物騒な発言をするなど、いったい何があったのか。優蘭は思わず眉をひそめてしまう。

いやでも、なんだかんだでこういう発言するときもあるのよね……中身が武人だから。

不思議に思ったのは皓月も同じだったらしく、珍しく怪訝な顔をして首を傾げている。

「何があったのですか、梅香さん」

「……内侍省長官が乗り込んできたの」

「……は？」

思ってもみなかった来客に、優蘭は素っ頓狂な声を上げた。


『水晶殿』、客間にて。

背後に梅香と皓月――もちろん女装をした――を従え、よそ行き全開の笑顔を浮かべながら、優蘭は内心冷静に思案する。

水晶殿初の客間利用者がまさかこの男だとは、思ってもみなかったわ。

喜んでいいのやら悲しんでいいのやら、全く分からないが正直言って勘弁して欲しい。ただでさえ『紫金会』のことで頭がいっぱいなので、今このようなことで体力を使いたくないのだ。

皓月がこちらにかかりきりになれるのも今だからこそ。会議が近くなれば、彼も右丞相としての仕事に集中しなくてはならない。だからこうして、会議がある約二ヶ月前から作業に取り掛かっているのに。

そうは言っても、相手はこうして仕掛けてきてしまっているのだから仕方ない。一体何が目的で水晶殿にやってきたのか、それを探るべく、相手のことをじいっと見つめる。

そう思考する優蘭の目の前には、大仰な態度で長椅子に座る一人の男の姿があった。

内侍省長官・蔡童冠。

宦官や内司——五つある女官たちの勤め先——の一切合切を取り仕切る最上位役職の人間だ。

背は男性にしてはそこまで高くなく優蘭より低い、歳は三十代前半だろう、まだ若さの残る顔つきをしている。官僚にしては太っておらず細身で、華奢な体つきをしていた。そのためか、髷をきっちり結い、腕を組んで足を開いており、とにかく自分を大きく見せようとしている印象を持った。

優蘭が事前に仕入れている情報でも、童冠はお飾りの長官だということが判明している。実質、内侍省を仕切っているのは宦官長の範浩然だ。童冠自身は威張り散らしているだけで、浩然に良いように扱われていると言われていた。

あの薄気味悪い笑みを浮かべた、年齢の割には若く見える宦官を思い出し、優蘭の背筋に悪寒が走る。

よくもまぁ、あんな男を側に侍らせていられるわよね。

目先の利益しか考えていないのか、それとも偉ぶりたいだけの愚か者なのか。折角のいい機会だ、この辺りで見極めておくのも良いかもしれない。

優蘭がそんなことを考えているなど知らず、童冠は優蘭を鼻で笑いながら言う。

「これはこれは、またたいそうな宮殿をあてがわれたものだな。まだできたばかりの弱小部署に、このような場所はもったいない」

どうやら童冠の目的は、立派な職場を与えられた優蘭のことをぼろくそに言うことだったようだ。

もしくは、皇帝に贔屓されているからといって調子に乗るなよという牽制だろうか。優蘭的にはどちらでもいい。が、初っ端から優蘭どころか健美省そのものを馬鹿にした発言には、少なからず驚いた。

あの韋氏ですら回りくどい嫌みを言ってきていたのに、まさかこんなにも直球で貶してくる人が高官の中にいるとは思わなかった。

優蘭の初出勤の際、皓月を馬鹿にするために優蘭をダシにしてきた元・吏部尚書のことを思い出す。含みのある会話で遠回しに馬鹿にしてくる程度に、彼には巧みな言があったなぁと今は亡き故人を思うことになるとは。

なので童冠の態度はある意味分かりやすくて、優蘭としては逆にやりやすい。だから笑顔を崩すことなく受け答える。

「ありがとうございます、陛下のご采配のおかげですよ。まだできたばかりの部署ですので身に余る職場環境ですが……そのご期待に沿えるよう、部下共々一丸となって職務に取り組む所存です」

「……部下、な。あの使えない宦官どものことか？　あんなのが部下になった時点で、結果など残せるわけもあるまい」

童冠が言っているのは、五彩宦官――朱睿、黄明、悠青、緑規、黒呂のことだ。今年の秋頃に優蘭の部下になり、当初は本当に文句ばかりでひどかった。しかし、今では働くことの喜びに目覚めた優蘭自慢の部下たちだ。

そんな彼らのことを無能呼ばわりした言葉に、すうと、指先から熱が逃げていく感覚がある。それとは真逆に、胸の内側からふつふつと熱いものがこみ上げてきた。今自身が抱いている感情が『怒り』だということに気づいていながらも、優蘭の頭は冷静だった。

部下の能力不足は、上官の教育不足、とはよく言うけど……これは、その典型なんじゃないかしら。

この数ヶ月、五彩宦官と行動を共にしていて思っていたことがある。

それは、彼らは別に無能ではないということだ。

元々奴隷の身分だった彼らが宦官となることを条件に十歳の頃拾われたのは、経歴書をもらったときに知っている。引き取り手は浩然、彼らはそこから八年もの間、浩然に育てられたという。なので、学がないのは仕方のないことだと思う。

だが、決して考えなしではないことは、この数ヶ月仕事を割り振っていて感じていた。最初こそ、やるべきことが分からなくて戸惑い、また失敗したくないという怯えから立ち止まることもあった。しかしちゃんと理論立てて説明し流れを掴めば、全員割とすんなり行動できる。

それが一体どういう意味を持つのか、優蘭は分かっていた。

わざと、教えなかったのだ。その代わり、失敗すれば叱責をして自分ばかり気持ち良くなって。五彩宦官は怒られるのが嫌で、やがてひねくれ落ちぶれる。

けれど、五彩宦官が優蘭に前の職場に関しての愚痴を言うことは一度だってなかった。聞いたとしても「宦官長も内侍省長官も、とてもよくしてくれた」としか言わない。そのときの表情には、感謝の色が強かった。

だからこれは、優蘭の憶測で想像だ。怒るなどお門違いだし意味も生産性もない。なら、優蘭がとるべき行動は一つ。上司として、また一人の人間として、彼らに対する正当なる評価を伝えることだ。

そのため、自分の心を律しながらゆっくり口を開く。

「でしたら、よろしければ彼らの働きぶりを見ていかれますか？」

「は？」

「こう言ってはなんですが、日々よくやってくれておりますよ。初めのうちは確かに拙い面も多々ございましたし、やる気が空回りしているところもございましたが……それも昔の話です。今では私が何も言わずとも雑務を終わらせておりますし、日々楽しく労働に勤しんでおりますよ」

「それ、は」

童冠が明らかに動揺した素振りを見せ、優蘭は内心嘲笑(あざわら)った。

使えない部下を持つことになって可哀想(かわいそう)、とでも哀れむつもりで来たのかしら。

「というより、蔡長官はてっきり彼らのことが気になってここへ足を運ばれたのかと思っておりました」

「……は？」

「いえ、内侍省長官であられる蔡長官のことです。部下のことを思いやって、こうしてご足労いただいたのかと思いまして。既にご自身の手元から離れられた部下とて、気になりますでしょう？　本日はそういったご用件でいらっしゃったのかと思いましたが……」

え？　むしろ違ったのですか？

なら何故(なぜ)、このような場所に。

そう暗に、表情で問いかけてみる。

煽(あお)り文句が分からないほど愚かではなかったのか、童冠の顔がみるみる赤くなった。

「そ、そんなもの、知るか！　お前もどうせ、後宮の災厄と同じことになるんだ！」

そうわけの分からないことを叫ぶと、勢い良く立ち上がりずかずか大きな音を立てて出て行ってしまう。

扉が大きな音を立てて閉まるのを数分待ってから、優蘭は背もたれに大きく寄りかかり足を組んだ。スッと真顔になる。

「こぉんのクソ忙しい時期に、ほんと何しに来たのかしらねアレ。内侍省も十二分に忙しいでしょうよ」

「内侍省の仕事のほとんどは、範宦官長が行なっておりますので……」

「わあ」

「そして陛下関係のお仕事は、全て皇帝派宦官たちの長、夏氏(か)が行なっております」

「じゃあ、事実とっても暇なのねあの人」

「そのように言ってはいけませんよ、優蘭様。ああ見えて、ご自身ではお仕事をちゃんとしているとお思いなのですから」

皓月にしては珍しく辛辣(しんらつ)極まりない意見に、梅香がたじろぎつつも頷(うなず)いた。

「あんた、言うわね……わたしもその点に関しては同意見だけれど」

優蘭も同意見なので特に何も言わない。皓月のこの辛辣さにも慣れたものだ、むしろその辛口が時折入ってくるのが最近かなり癖になってきている気さえする。

すると、皓月がポツリと言う。

「もしかしたら蔡長官の来訪は存外、範宦官長におだてられたが故のものなのかもしれませんね」

言葉に独特の熱がこもっている気がして、優蘭は目を見張った。思わず振り返ってみれば、そこには仄暗い目をした自身の夫がいる。

その瞳には、優蘭を殺そうとした韋氏に向けて剣を振りかざしていたときと同じ色が帯びていた。殺意が微かに感じ取れる。

しかしそれも一瞬、すぐに破顔するとさらりと髪を揺らした。

「蔡長官もお帰りになったことですし、浄めの香でも焚きますね。梅香さんには室内の換気をお願いしても?」

「分かったわ。ついでに、今日の清掃は念入りにやらせるようにするわね」

「はい、そういたしましょう」

「念入りね……」

「せっかくの新居ですよ。これくらいやっておいて損はないかと」

「ははは。その辺りはお任せするわ……」

それにしても……後宮の災厄って?

童冠が捨て台詞として吐き出した言葉を思い出し、思わず首を傾げてしまう。ただ不吉極まりない単語なので、調べておいたほうがいい気がした。

今ではすっかり良くなった二人の関係性に頬を緩めながらも。胸元をよぎる言い知れぬざわめきを、優蘭はわずかに感じ取っていた。

＊

とはいえ、仕事である。

毎回恒例となっている貴妃・姚紫薔と淑妃・綜鈴春との茶会に、とうとう賢妃・史明貴が参加することになったのだ。

徳妃・郭静華は敵派閥、その上唯我独尊で気分屋なので参加は早々に断られている。なので今回は三人という形だ。

三人の派閥が違うということもあり、今回の主催は優蘭ということになっている。そのため昼餉の時間もそこそこに水晶殿の客間で準備を終えた優蘭は、満足げに頷いた。

「うん、なかなかね」

火鉢もたくさん用意して部屋を暖かくし、寛げるように長椅子には羽根蒲団をおいてある。菓子はいつも通り内食司お手製のものを用意し、お茶は皓月が菓子に合うものを選んでくれた。花はあまり騒がしくないように紅緋色の木瓜の花を一輪だけ、純白の花瓶に挿してある。

冬らしくそれでいて優蘭らしい、茶会の席だ。

隣室は休憩室として使えるよう、簡易の寝台を置いて部屋もしっかり暖めてある。紫薔への気遣いもばっちりだ。

手伝ってくれた部下たちに労いの言葉を述べると、照れたように笑いながらもなんとなく誇らしそうだった。五彩宦官に至っては、本当にでれでれしている。以前までだったらこんなこと任せてもらえなかったのに、とも呟いていた。

「それだけ評価しているのよ」なんて優蘭が言えば、なおのこと笑う。それがとても微笑ましい。

そんなふうに部下たちと一丸となって作り上げた客間は、妃たちにも概ね好評だった。

ふかふかの羽根蒲団に背中を預けながら、紫薔はしとやかに微笑う。

「素敵な茶会の席に呼んでくれてありがとう、優蘭」

膨れたお腹を撫でながら、紫薔は目を細めた。最近は体調が安定しないときもあるが、今日は調子が良さそうだ。医官からも少し動くように、と言われているため、今回は水晶殿のお披露目も兼ねてここで茶会を開くことにしたのである。

貴妃様の具合が良いのは大変喜ばしいことだわ。

それに、と優蘭はちらりと明貴を見る。少し前までは氷のように表情を凍りつかせていた彼女だが、その表情は幾分か柔らかくなっていた。

最近の皇帝は明貴のところへ通う頻度が高いので、お互いしっかり話し合いはできているのだろう。その甲斐あってか、彼女自身の精神も安定しているように見える。

そしてそれを見守る鈴春も、最初に出会ったときとでは想像もつかないくらい、優しい顔をして過ごせるようになっていた。

改めて、良かったなと実感する。自分だけの功績だとは思わないが、彼女たちを救ったという事実は変わらない。健美省という部署が出来上がって早々なし得た快挙だと思う。

それと同時に思うのだ、その場に居合わせることができて本当に良かったと。

四夫人……その中でも特にご贔屓(ひいき)にしてくださっている貴妃様と淑妃様のお陰様で玉(ぎょく)商会も繁盛しているし、後宮内での私の存在もしっかり根付いてきたし。努力が実って本当に最高ね！

そんなふうにほくほくしながら、優蘭は本日の菓子を提示した。

「とりあえず、本日も寒いので温かいものと変わり種をご用意しました」

そう前置きをしてから差し出したのは、二品。

一品目は、黎暉大国(れいきたいこく)の冬の定番お菓子である擂(す)った胡麻(ごま)と胡桃(くるみ)の汁粉だ。少し塩も足して甘じょっぱい味に仕上がっている。

そして二品目が、『来禽酥(らいきんそ)』と呼ばれる異国のお菓子だ。

一品目のお供には緑茶、二品目のお供には紅茶を用意している。お菓子に合わせたお茶というのも楽しいかなと思ったのだ。

来禽酥を見た鈴春が、ぱあっと顔を明るくする。

さすが淑妃様。知っているわよね。

「これは『来禽酥』。小麦粉に牛酪、そのほか諸々を練り込んだ生地を何回も織り込んで層にしたものに甘く煮た林檎を包んで焼いた、異国のお菓子です」

今回は一人一人食べやすいよう小さく長方形に包んだものを出しているが、丸系の金型に入れて後で切り分けるものもある。黄金色に焼けた生地は卵を塗っているのでつやつやしており、空腹を刺激する色をしている。

紫薔も明貴も興味津々で、どことなく目をキラキラ輝かせていた。

「優蘭との茶会で出されるものって、美味しくて未知のものが多いからいつも楽しみなのよね」と紫薔。鈴春は「これ、林檎が甘酸っぱくて生地がとってもサクサクして、ものすごく美味しいんですよ！」と頬を林檎のように赤くして笑みを浮かべ、明貴は「文献等で見たことはありましたが、実際に食べるのは初めてです……」と目をまあるくしている。

三者三様の反応だが、全員の反応が予想以上に良くて優蘭はにんまりした。

お茶会で出すお菓子って毎回どうするのか悩むんだけれど、反応がとてもいいから苦労した甲斐があったって思うのよね。

これが理由で、優蘭は内食司に高頻度で通っている。最初のうちはそこまで乗り気ではなかった女官たちだが、最近は作り方を教えたり意見を出し合ったりとてもいい関係を築けていた。お陰様で内食司女官長とも仲良くなれているし、情報も貰える。さらに言うなら監修、調理方法提供費として幾ばくかの金銭ももらっていた。

今年の秋頃から、知り合いの飲食店と提携して『四夫人お気に入りの一品』としてお菓子を提供し始めたんだけど、それも大当たりだったわね！

一石二鳥どころか一石三鳥な、大変ありがたい関係だ。

紫薔が身重でなければ来禽酥の上に牛乳、卵、砂糖を混ぜ凍らせた雪氷菓を載せていたところだが、これればかりは仕方ない。また来年、林檎の美味しい時期にでも作ればいいのだ。

「さあ、お三方。冷めないうちにどうぞ召し上がってください」

手で摑んで、こうがぶっと！　そう促す。肉叉を使って食べてもいいのだが、生地部分がぽろぽろとこぼれてしまうので手のほうが食べやすい。なので行儀はあまりよくないが、そちらを勧めた。

優蘭の言う通りに、三人は早速来禽酥のほうに手を伸ばす。

そうしてがぶりと口にすれば、中から甘く煮た熱々の林檎がとろりと出てくる。予期せぬあまりの熱さに明貴が慌てていたが、その顔がほんのりと緩んでいくのを優蘭はばっちり目に焼き付けていた。

「美味しい……」

吐息と共に、明貴がそう口にする。三人はお互い顔を見合わせると、幸せそうに綻んだ。

場が一気に賑やかになり、ぱっと華やぐ。ぱちぱちと火鉢の炭が燃える音に混じって、美しい女性たちの軽やかな笑い声が響いた。

主人の表情をつぶさに観察していた侍女頭たちも、どことなくほっと表情を緩める。

まあ、そうよね。最近あんまりいい話を聞かないし。

紫薔の懐妊報告、明貴の下に皇帝が再び通うようになった、ということもあり、後宮は平穏を保ちつつもどことなく非日常を覗かせていた。

現に、見えないところでの嫌がらせや不吉な文は増えているらしい。優蘭のところにもよくくるので分かる。きっと主人の心労にならないように、うちの部下たちと同じでまとめて燃やしているんだろうな、ということも。

優蘭とて同じ気持ちだ。実益は守りつつ、できる限り妃たちのことを守りたい。そのためには、今後宮で何が起きているのかしっかり把握しなければならない。

なんせ優蘭の周りには、以前よりたくさんの味方がいる。最初のときのように、誰かが倒れるような惨劇は避けられるはず。

そう改めて決意を固めていると、三人が楽しそうに話をしていた。話題は、紫薔のお腹の子どものことだ。

「最近ね、よくお腹を蹴ってくるの」

「え、本当ですかっ？」

「ええ、本当。蹴られると、ああ、わたくしのここには、ちゃんと子どもが宿っているのだなってなんだか嬉しくなるのよ。最初の頃は存在すら感じ取れなかったのに」

それを聞いていた明貴が、少しだけ唇を噛む。優蘭は思わずびくりとした。明貴が少なからず心に傷を受けているように見えたからだ。しかし、どうやらそういうわけではないらしい。

というより心なしか……貴妃様のお腹を見てそわそわしているような気も……？

すると、意を決したように明貴が唇を開いた。

「姚貴妃。厚かましいお願いかもしれませんが、一つよろしいですか」

「あら、何かしら？」

「その……少し、お腹を触らせていただいても、構いませんでしょうか……？」

今にも消え入りそうな、細い細い声だった。ぱちんっと、炭が弾ける音が聞こえる。

少しの間、紫薔は目を瞬かせていた。だが次第に笑顔を深めると、こくりと頷く。

「ええ、もちろん。触ってあげてくださいな」

「あ……ありがとう、ございます」

少しふらつきながら、明貴はそっと紫薔の前に膝をついた。恐る恐る手を伸ばし、割れ物に触るかのような手つきで紫薔の腹部に触れる。

とんっ。

途端、弾かれたように手を引っ込めた。

「い、今、とんって……っ」

「あら、ほんとね。触ってもらえたのが嬉しかったのかしら？」

「あ、え……あっ……」

「きっと、こんにちはって言っているのね。この子にも、史賢妃がとても優しい人だってことが分かるみたい」

紫薔の表情は、母親のような慈悲にあふれていた。子どもという存在と向き合ってきた女性は、このような顔ができるものなのかと優蘭は目を見張る。

しかしそれ以上に、紫薔の表情は明貴にそっと、だが確かに沁みていた。

ぽろりと。明貴の瞳から一粒の涙がこぼれたのだ。

明貴自身、自覚がなかったのだろう。数回瞬いてから「あ、ら？」と戸惑っている。しかし涙を拭うようなことはせず、再び慈しむような手つきで紫薔のお腹に触れる。

とんっ。

また、胎児が蹴った。紫薔の言うとおり、まるで挨拶をしているようだった。

その様子を、場にいた全員が息をひそめて見つめる。白く染まった炭が赤々とした火を奥の方で燃やす、ちりちりという音が部屋にじんわりと広がった。

今度は手を離したりすることはなく、むしろそれを噛み締めるように明貴は目を瞑る。

「……こんにちは。どうか、元気な姿で生まれてきてくださいね」

どことなく柔らかい雰囲気をまといながら、明貴は歌うようにそう呟いた——

それから楽しくおしゃべりは続き、三人ともすっかり打ち解けた。優蘭もその輪に加わりながら、楽しく世間話に耳を傾ける。

そうしたら、紫薔が新たな話題を振ってきた。

「それにしても……ふふ、ここは本当に素敵な宮殿ね。陛下らしいところがちらほらと覗けて楽しいわ。まだ改築されたばかりだし、この客間を使うのはわたくしたちが初めてかしら？」

唐突に繰り出された不意打ちの一撃に、優蘭の喉の奥から声にならない悲鳴が漏れる。

優蘭の表情の変化に気づいたのは紫薔だった。あら？　とでもいうような顔をする。

そんな優蘭の様子の変化に気づかず、鈴春はころころと鈴を転がしたような可愛らしい声を弾ませた。

「でしたらとても嬉しいです！　初めてって、とても特別でとってても素敵ですよね！」

「……そうよね、綜淑妃。わたくしもその気持ちはとてもよく分かるわ？」

貴妃様のお言葉に大変含みを感じるのは、私の気のせいでしょうか…………。

どちらにしても、これ以上優蘭の心の傷が深まる前にどうにかしたい。なので致し方なく、そそっと手を上げた。

「あの……大変申し訳ないのですが。この客間、今朝方使用したばかりなのです……」

「……あら、微妙な顔をしていたのはそういうことなのね？」

「ええ、はい。なんというか……申し訳ないなと……」

思わず純な鈴春から目を逸らして言えば、彼女はくすくす微笑む。

「安心してください、珀夫人。わたしはそんなことで怒ったりしませんよ」

「淑妃様……」

「ただ……やはりちょっと悔しいですよね。初めてを持っていくだなんて、一体どこのどなたなのでしょう……？」

悲しそうに目を伏せながら、鈴春は袖口で口元をおおった。彼女がその動きを見せると、薄幸の美少女具合がぐんっと上がる。が、この状況下でそれを見せてくる理由がさっぱり分からない。

それに……発言に何やら含みがあるような……？

優蘭がまた違った意味で汗をたらりと流していると、紫薔が扇子を口元ではためかせる。ふわりと、優蘭のほうにも扇子に焚きしめられた薔薇の香りが届いた。

「本当ね。一体全体、どこの馬の骨なのかしら？　わたくし、とっても気になるわ。――ね、優蘭？」

こてり。絶妙な角度で首を傾げた紫薔は、閉じた扇子を口元に当てながらついっと優蘭に視線を向けた。仕草はとても可愛らしいのに、こちらが拒否するのを躊躇うようなそんな視線だ。

あーはいはい。これはそういうやつですね？　つまり、誰が初めにここを使ったのか、とっとと白状しろと？

二人の笑顔がとても怖い。そしてとうとう、鈴春が紫薔のような処世術を身につけてしまったようだ。英才教育、ここに極まれりだ。

思わず明貴に助けを求めれば、彼女は無言で目を逸らしてくる。関わり合いになりたくないという空気全開だ。さすがというべきかなんというべきか。彼女らしいな、ととても思う。

結論として、味方は誰もいないわけなんだけれどね！

優蘭はため息を漏らした。別に言ったところで害はないので、大人しく観念する。

「……蔡長官ですよ。今朝方、突然やっていらしたんです」

「……蔡長官、ですって？　あの、女官たちからの評価がとても悪い？」

「派閥問わず、妃方からの評判もとても悪い？」

「仕事ができない、身分が低い者には威張り散らす、権力者には媚びへつらう、の三拍子が標準の？」

最初から順に、紫薔、鈴春、明貴の発言だ。三者三様だが、やはりというべきか特に明貴の言葉が直線的でとてもとげがある。後宮にいる期間が長いからこそ、色々と不満も溜まっているのだろう。

優蘭は苦笑しながらも頷いた。

「はい、その蔡長官です。この宮殿があてがわれたことがとてもご不満だったのか、いちゃもんをつけてきました」

「相変わらずの暇人ですね」

「賢妃様、相当ご立腹ですね……?」

「事実です。あの男はわたしが後宮入りを果たす前からいましたが、つくづく使えない肩書だけの男でした。わたしもとことん馬鹿にされておりましたし」

「そんなに……」

「はい。……わたしが流産した際、最初に下賜を提案されたのは、蔡長官だそうですよ」

ほんの少しだけ苦い顔をして、明貴はそうぼやく。ぴくりと、紫薔と鈴春の肩が震えた。

無意識か、紫薔が腹部をそっと撫でさする。

自身の気持ちを落ち着かせるためか、明貴は冷めた緑茶を一口含んでからゆっくり口を開いた。

「あの男のたちの悪い点は、態度こそ小者のそれでしかありませんが、それ相応に発言権

がある点です。　珀長官もご存じかと思いますが、あの男は保守派貴族の一つ、蔡家の八男
なのですよ」
「はい、知っております」
宦官（かんがん）の中には、貴族の息子――その中でも継承権がほぼほぼない男児がなる場合がある。
それは、宦官という存在が皇帝に近しい人物たちの下に仕えることが多いからだ。
現に、幼くして皇帝になった皇族を裏で操り、権力を意のままに行使した宦官もいた。
その辺りは歴史が全てを物語っている。貴族たちの間でより多くの子孫を作ろうとする動
きも、このような陰謀が働いているからに他ならない。
蔡家はその中でも、割と政治に関与してきた一族だ。そのため宮廷内に関係者も多く、
皇帝でも容易（たやす）く扱えない家系だという。
明貴は苦々しい表情をしながら言葉を続けた。
「あの男が内侍省長官でいられるのも、蔡家の後ろ盾のおかげ。また蔡家としても、内侍
省長官の座を一族の人間が保持していれば、後宮にも手を入れやすいと考えているのです。
だから、いくら出来が悪かろうが『蔡童冠』という存在を切り捨てないのですよ」
「……ですが、正直あの愚かさはなかなかに危ういのでは？　蔡家としても、かなりの
博打（ばくち）になりますし汚点だと思うのですが」
「その点に関しては同感ですが……まあ、その理由に関しては割と簡単です。誰も、宦官

などになりたくないのですよ」

優蘭は思わず「あー」と声をあげてしまった。その点をすっかり忘れていた。

今まで明貴の語りを聞いているだけだった紫薔と鈴春も、その点に関しては強く頷く。

「前代皇帝陛下だったら、そういったことをあまり深く調べなかったらしいのだけれど。わたくしたちの夫になってから、一斉検査が行なわれたらしくって」

「わあ」

「ああ、そのお話はわたしも聞きました。そのせいで、宦官になりたがる貴族が減ったそうですね」

おそらく、否絶対、自身の花園に男が入ることが嫌だったのだろうと思う。その徹底ぶりには舌を巻くが、まあいつも通りなので特に気にならない気もする。

つまり今までの宦官には、権力にものを言わせた偽宦官貴族というやつも多かったということなのだろう。そしてそれは、偽宦官としてならば宦官になっても良かったが、本物の宦官になるのならそれはご免被りたい貴族も多かったということでもある。

権力を得る代わりに生殖器を失うのは、あまりにも労力に見合わないものね。

「なら、蔡長官は何故宦官になったのでしょうね？」

優蘭はそこで、至極当然の疑問を問うた。内侍省長官ということは、宦官ということと同義だ。後宮の主だった部署のまとめ役である内侍省長官という役職である限り、それは絶対に覆せない。

また宦官になる去勢手術はかなりの痛みを伴う上に、生死さえ左右する苦行だそうだ。

あの男も、そういったことは怖がりそうなものなのだけれど。

優蘭のその疑問を解決してくれたのは、紫薔だった。

「わたくしも人伝に聞いた話なのだけれど」

「はい」

「蔡長官は八男じゃない？　その上文官になれるかどうかも怪しいくらいの出来の悪さだったから、蔡家自体もどのような扱いをしていいものか手をこまねいていたようなの」

「あー……」

「だから、家での扱いも相当悪かったらしいわ。宦官になると言わなければ、居場所もできなかったくらいに」

そこまで聞けば、あとはなんとなく分かる。童冠も生き残るため、居場所を作るため必死だったのだろう。その結果去勢手術に打ち勝ち、『内侍省長官』という立場を手に入れることになった。

そこから、虐げられる者から虐げる者になった、だなんて。

――なんてなんて、よくある話。

よくある話過ぎて、笑い話にもならない。

優蘭はそっと息を吐いた。同情などこれっぽっちもしないが、結局のところどこでも似たようなことばかり起きているというわけだ。

ただやはり、この状況下での邂逅は些か違和感を覚える。裏にいるのが宦官長だったとしても、どういった意図があっての指示なのだろうか。

そう悶々頭を悩ませていたら、ぷすっと頬に細長い指が突き刺さった。驚いてみれば、紫薔が不満たっぷりという顔をして優蘭をじっとり見つめている。

「……ねえ優蘭。お仕事にかまけて、わたくしたちのこと忘れてなぁい？」

「いやいや、そんなことは……」

「あるわ、あるわ。とってもあるわ。もー本当に今日はつまらないじゃない！　優蘭の一番をあの男に取られるし、優蘭はあの男のことばかりで構ってくれないし！　せっかくのお茶会が台無しよ～」

いや、後者は話を振ってきた貴妃様のせいでもあるんですがー!?

と思ったが、今の紫薔は完全に駄々をこねる気満々だ。それに、つまらない話をしてしまった自覚はあるので強く出るにも出られず唇を開閉する。

優蘭が何も言えないことを悟っているのか、紫薔はいつもより強めに不満を垂れた。

「あーもう、今日は気分じゃなくなっちゃったわ～。がっかり」

「うっ……申し訳ありません……」

唇を尖らせた紫薔が、じっとりと優蘭を見つめてくる。

「……本当に悪いと思ってる？」

「はい、もちろん」

「本当に本当？」

「……分かりました、土下座を」

「あ、そういうのはいいから」

　ばっさり切られましたね……はい……。

最近、土下座という単語を使っただけでこれなのだが、些か厳しいのではないだろうか。

優蘭はそう思った。だがぐっとこらえる。

すると、紫薔が唇に扇子を当てながら目を伏せた。

「じゃあ、またここでお茶会を開いて？」

「え？」

「わたくしたち三人が参加するお茶会を、優蘭がまた主催をするの。そうしたら許して差し上げましょう」

ね？　なんて言って、紫薔が鈴春と明貴に同意を求めた。二人は顔を見合わせると、こくりと頷く。

「ええ、はい。わたしもそれなら、珀夫人を許してあげます」

「わたしも、そういうことならば。珀長官を許しましょう」

そこで、優蘭はふと気づいた。

そっか。これは……このお願いは。お三方のわがままなんだわ。

また、この三人で話がしたいから。だからお願い。そう、懇願されている。

だって、三人でお茶を飲む機会なんてそうそう取れないから。優蘭が間に挟まらないと、三人は気軽にお茶すら飲めないのだ。そしてその願望を素直に口にすることは、彼女たちの立場からははばかられるのだろう。その事実にぐっと胸が締め付けられる。

優蘭はすっと目を伏せた。少し大きめに息を吸う。

……『健美省』の役割は、後宮妃の健康と美しさを守ること。それは、精神を守ることも入っている。

この、坩堝のような花園の中で、彼女たちが健やかな生活を送れるように。そのためなら、多少のわがままやお願いなど可愛らしいものだ。

なので、深く深く頷いた。

「承りました。また後日、本日よりも素敵なお茶会を開かせていただきます」

笑みと共に強気に宣言すれば、三人の表情が綻ぶ。優蘭もつられて、ふふと声を出して笑った。

「もう、優蘭ったら。期待させておいて今回よりも楽しめなかったら、承知しないんだから」

「そのときは、如何様なお咎めも甘んじて受け入れる所存です」

「ふふ。……ありがとう、ありがとう、優蘭」

その「ありがとう」には、様々な意味が込められているような気がした。

その言葉を嚙み締めながら、優蘭は先の未来に思いを馳せたのだ。

*

しかし優蘭と妃たちのささやかな願いごとは、唐突に奪われることになる。

――明貴の毒味役が、毒入りの食事を食べて生死の境を彷徨ったのだ。

*

茶会から一週間後。早朝に知らせを受けた優蘭は、自身の朝餉そっちのけで出勤した。

明貴の住まいである『烏羽宮』は、普段ならば人の出入りが少ない静かな場所だ。だというのに、その日ばかりは様々な人間が出入りをしている。宦官、女官、とにかくたくさんいた。皆ひっきりなしに動き回り、慌ただしくしている。

優蘭が明貴がいるとされる客間に駆けつけたとき、そこには既に皇帝派宦官の長・夏玄曽の姿があった。

何やら明貴と話し合っている。彼は優蘭の姿をいち早く認めると、ぺこりと頭を下げ労いの言葉をかけてきた。

「おはようございます、珀長官。本来ならばまだ出勤の時間ではございませんでしたでしょうに、申し訳ございません」

「いえ、こんなことではおちおち朝餉も取っていられませんよ。こちらこそ、私のためにわざわざ使いを出してくださりありがとうございます」

そう。優蘭の下に宦官の使いっ走りを出してくれたのは、他ならぬ玄曽だった。このような緊急事態にもかかわらず優蘭がこの場にいなければ、優蘭自身の立場がかなり危うくなると考えてくれたのだろう。その機転に感謝こそせど、罵倒するなんていうことはあり得なかった。

肝心の明貴は、優蘭が思っていたよりも落ち着いている。元々表情があまり動かない人だったが、それを差し引いたとしても動揺は見られない。彼女は優蘭にぺこりと頭を下げ、口を開いた。

「珀長官。早朝にご足労いただき、ありがとうございます」

「い、いいえ。それで、毒味役の容態は？」

「わたしが直ぐに対処しましたので、死は免れております。残りの処置は、医官が行なっておりますよ」

「そうでしたか……」

明貴の声の調子を確認して、落ち着いていると判断した優蘭はほうっと息をついた。そして状況を確認しようと、玄曽に問う。

「夏様。本日の当直医官はどなたです？」

「はい。幸いなことに、賢妃様の主治医でもあられます譚医官でした」

その発言を聞き、優蘭は心底安堵した。

譚医官ならば、たとえ相手がどのような人間であっても、適切な処置を行なってくれるわ……。

譚子墨。中立派宦官の中でも人を救うことに重きを置く医官だ。玄曽の言ったように、明貴が後宮入りを果たしたときからの専属医官でもある。

優蘭も明貴と皇帝の離縁騒動の折に会ったことがあるが、患者のことを第一に考える人の良い男性だ。今はおそらく毒味役の処置に忙しいと思われるため、優蘭は明貴から話を聞くべく腰を落ち着けた。

「それで……重ね重ねになってしまうかと思うのですがどのような状況だったのかお話を伺ってもよろしいでしょうか？」

予想していたのか、明貴は一つ頷いて話を始めた。

「毒味役が倒れたのは、豚の角煮を食べてからでした。痙攣、嘔吐といった症状が現れ、これはまずいと瞬時に判断したのです。それからすぐに吐かせて処置を。……毒にあたった際の対処法を書物で知っていて、本当に良かったです」

「簡潔なご説明、本当にありがとうございます」

「いえ……」

ゆるゆると明貴が首を振る。

「わたし自体を狙うのは、そう難しくないと思います。他の妃方は起床時間が遅くなっているようですが、わたしはずっと同じなのです。でないと、落ち着かなくて」

「なるほど。つまり、賢妃様の食事に毒を盛ること自体は、普段の生活を観察していたら分かるのですね」

「はい。……残念なことに」

明貴が淡々と頷く。「とてもいい子だったのに……」そうぽつりと呟いた声には、わずかながらも怒気がにじんでいた。

それは、毒味役が倒れたことによる怒りだ。明貴は周囲から「妃失格」とされていた自身に真摯に仕えている侍女や女官たちをとても愛していたので、なおのこと思いは強い。

そこで、優蘭は気づいた。

賢妃様は冷静に見えたけど……おそらく、自身が狙われたという恐怖よりも、大切な女官が死にかけたという事実のほうが、許しがたかったのね。

明貴は、恐れるよりも静かに怒っていた。それも、激しく。

瞳の奥にちらつく怒りの炎を垣間見、優蘭は内心震え上がる。

こういう性格の人間を怒らせるのが、この世で一番恐ろしい。

それを、身を以て知っているからだ。優蘭の母親だ。一見すると穏やかだが怒らせると手を付けられない母親の姿を目の当たりにしてきた優蘭は、明貴がいつ噴き出すかと内心ひやひやした。

すると、現状の空気を把握しているからか。玄曽が控えめに手を挙げる。

「史賢妃、珀長官。少々よろしいですかな？」

「はい」

「なんでしょうか、夏様」

「此度の事態……想定よりも大ごとになるやもしれませぬ」

わけが分からず、優蘭は目を瞬かせた。

しかし明貴は分かっているようで、眉をひそめる。優蘭のために、玄曽が一から説明をしてくれた。

「まだ後宮に来てから日が浅い珀長官には、分かりにくいやもしれませぬが……陛下の代の後宮で毒殺が行なわれたことは、今まで一度もなかったのです。陛下のおかげで」

「……あっ」

優蘭ははっとした。

そうだわ……以前夏様が言っていたじゃない。

今の後宮は二年前に明貴が流産して以降、表立った行動をする者がいなくなったとされていた。今の今まで毒殺がなかったのはそのためだ。

それが未遂であれ行なわれたということは、つまり。

陛下自身に、喧嘩を売ってこようとしている誰かがいるってこと……？

もしくは、皇帝が周囲に与える力が弱くなったかだ。皇帝自身が馬鹿にされていると言い換えてもいい。

そして、今回標的にされたのは明貴。後宮を今の後宮たらしめる行為を皇帝にさせたきっかけとなった人物だ。本当の意味での脅威は現在懐妊中の紫薔だろうに、それを敢えて外して行動を起こしたのは、まさかそういう。

そう思ってしまうのは極々自然なことだろう。優蘭の背中から嫌な汗が流れ落ちた。

「つまり今回の件は、今の治世をも揺るがす事態になりかねない……と」

「はい。我々としましては即刻犯人を炙り出し、陛下の威信を周囲に知らしめなくてはなりません」

なかなかに難しい注文だと、優蘭は思う。毒殺というのは大抵の場合、実行犯の炙り出しはできてもそれを命令した主犯まで辿り着かないことが多い。そうなれば堂々巡りだ。そしてまた近い未来、同じようなことが繰り返される。

……もしかして今回の件も、そういった類のものなのでは？

優蘭がそう思ったときだった。明貴がぽそりと、しかしはっきりとした発音で言う。

「夏様。もしかしてこれは――五年前の一件から続いているのではありませんか？」

確信を持って紡ぎ出された言葉に、玄曽がぴくりと震えた。

五年前っていうと……。

少し考え、そのときに起きた大事件はあれしかないと優蘭は思う。

五年前。それはこの黎暉大国にとっても一大事件であった。

――先代皇帝を含めた多くの皇族が一気に毒殺された事件だ。

通称、執毒事件。

まず初めに命を落としたのは第四皇子。次に第一、第三、第二と続き、最後に寵妃と一緒に皇帝本人が亡くなった。全員の死因が毒殺だ。そして、それを実行に移したのは一人の侍女だと言われている。

その名を、范燕珠。

皇帝が寵愛した前貴妃の侍女であり――稀代の悪女として歴史に名を刻まれた、狂気の女だった。

犯行動機は結局のところ不明、なんせ、犯人そのものが井戸に身を投げて死んだからだ。

しかし燕珠が皇帝に懸想していることは、綴られた日記帳に残されており、そのため邪魔になった寵妃もろとも殺したのではないかとされている。

そしてこれらの話は、宮廷では一種の禁忌として口にすることすら恐れられていた。噂をした人間さえもが、次々と命を落としたからだ。それは燕珠の呪いとして扱われ、彼女は永久にその名を葬り去られたのだ。

そして、当時第五皇子であり今代皇帝・劉亮がなぜ生きていられたかと言うと、皓月と共に留学していたからである。その代わり、この事件後通っていた学び舎を中退し直ぐ様帰国。後継者が彼以外いなかったため、国を治めるために即刻皇位に就いた。

そうして今に至る。

「それってもしかして……あの、口に出すのも憚られるあれですか？」

曰く付きの話というのは、存外馬鹿にできないのだ。優蘭は根拠のない話は信じないが、過去に実際起きたことに関しては割と信じるたちである。

「……珀長官はご存じだったのですか？　こういってはなんですが……庶民には、その内容の全貌は明かされませんでしたのに」

「以前までは知りませんでした。ですが、書庫の奥の奥にあった記録書を見つけてしまって……」

明貴の問いかけに、優蘭は苦笑を返す。

そう。優蘭がここまでの詳しい事情を知ったのは、後宮勤めになってからだ。資料などを書庫で確認しているうちに見つけた。

歴史に後世まで刻まなければいけない事件でありながら、口に出すことさえ憚られたのだろう。しかし記録として残さなければならないと思った誰かが、それを書き収めたのだと推測している。書庫の禁書置き場に置かれていた書物を読んだときは、背筋が凍るような気持ちになったものだ。

でも、何故か妙に惹かれたのよね、あの書物に。

だから思わず手に取ってしまった。あんな場所にあるのに、埃もかぶらず綺麗なままだったそれを。

まるで、見つけてくれと言われているみたい。

そう思って、優蘭は自分の考えを一蹴した。馬鹿馬鹿しい。そんなこと、あるはずがないではないか。

でも……范燕珠が犯行に使用した毒は、砒素だったのよ、ね。

執毒事件に使われた毒は砒素だ。ならば今回の事件にも砒素が？　そんな嫌な考えが頭をよぎる。

砒素。その毒の名前を聞くたびに、優蘭はいつもある少女のことを引きずられるように思い出すのだ。

——そう、それは。優蘭が幼い頃慕い、だがしかし美しく白い肌を得るのと引き換えに毒を飲み続けていることを知って自害した、異国の令嬢だ。

優蘭はかぶりを振った。今、それを思い出して思考を闇に沈めている場合ではない。なんとか意識を戻すことに成功した優蘭は改めて、執毒事件のほうに意識を戻した。

そんな優蘭の不審行動に気づかず、明貴は俯きながら息を吐く。

「珀長官がご存じならば、話は早いです。実を言いますとわたし、この事件は范燕珠だけが起こしたものだとはどうしても思えなかったのです」

「……と言いますと？」

「辻褄が合わないことが、多すぎるのです」

明貴は恐れることなく燕珠の名前を呼び、順繰りに説明をしてくれる。

「第一に。范燕珠が第一皇子から第四皇子を含めた皇位継承者たちを狙う理由がないのです。そもそも、顔すら知らない可能性が高いとわたしは踏んでいます」

「……確かに、考えてみたらそうですね」

庶民はもちろんのこと、宮廷で働いているような人間でも皇帝の顔を見たことがある者は少ない。優蘭とて、最初の頃は皇帝の顔すら知らなかったのだ。なら、その息子のことなど余計に知りえない。

　それにあの記録書に詳しく記載されてはいなかったが、事件の出来事は終始、狂女の奇行としてしか書かれていなかった。つまり、「理解できない存在なのだから、そんなこともするだろう」と曖昧にぼかされていたのだ。

「人を殺すのには理由が必要だと、わたしは思います。その点、燕珠が先代皇帝陛下と寵妃を殺害したことに関しての理由はあるのです。一言で言うのであれば、それは『愛憎』でしょう」

　淡々とした声音で明貴は言ったが、彼女が『愛憎』という単語を述べるだけで妙な迫力がある。それは、彼女自身が『愛憎』一歩手前の感情を皇帝に抱いていたからだと思われる。

　愛しくて、でも憎くて。愛おしいからこそ、憎くて、憎くて、憎くて。胸が張り裂けそうでたまらなくて。耐えきれなくて。

　だから、大切だったものもまとめてすべてを壊した。

　その行為はまるで、自分を切り刻んでいるかのようだった。自分で自分の心臓に、刃物を突き立てているかのようだった。

　そんな感情を燕珠が抱いていたのであれば、彼女が先代皇帝と仕えていた寵妃を殺した後井戸に身を投げた理由も分かる。

──でも、それ以外の殺害を行なう理由はあるのだろうか？

──同じような時期に、同じような手口で行なわれたというだけで、同じ犯人だと皆決め付けていないだろうか？

──動機が、ないのに。

「わたしは、全ての犯行を范燕珠が行なったとはどうしても思えません。犯人は複数いて、共謀していた。もしくは何者かが范燕珠を利用して、彼女に全ての罪を着せたのではないかと考えています」

「……確かにそのほうが、彼女だけが犯行に及んだと考えるよりも辻褄が合いますね」

「はい。そして犯人の目的は、執毒事件を機に国そのものを乗っ取ることだったのではないでしょうか？　先代皇帝、第一皇子から第四皇子までを殺せば、残されるのは第五皇子……劉亮様です」

そこまで言ってから、明貴は口をまごつかせた。

「話は少し逸れますが……珀長官は、皇位に就かれる前の劉亮様のことを存じ上げておりますか？」

「全くないです」

一も二もなく、優蘭はばっさり言った。

こう言ったらなんだが、平民側には皇族の情報なんて大して入ってこない。特に当時の玉商会の取引先と言えば専ら庶民だったため、情報の偏りがかなり強かった。なので優蘭が知っていることと言えば、当時の皇帝の最愛である前淑妃が命と引き換えに産んだ皇子だということくらいだ。

そう話せば、明貴と玄曽は苦笑する。

「なるほど、市井には広まることはなかったのですなぁ。前皇帝陛下と珀家の苦労の甲斐があるというものです」

「……え？」

「まあ、これはわたしも留学先でお伺いした話なのですが……劉亮様、それはそれは手が付けられない、やんちゃな子どもだったそうですよ」

――明貴と玄曽曰く。

昔の皇帝は、目も当てられないくらい酷い行ないをしてきたそうだ。

後宮にいた幼い間は、妃たちに様々な悪戯を仕掛ける、仕事の邪魔をする。やんちゃがすぎるあまり屋根によじのぼって落ちかけ、世話係を任命されていた前淑妃の侍女頭と宦官の寿命を縮める。

大きくなり宮廷で過ごすことになれば、今度は官吏たちを困らせる。

ほとほと困り果てた皇帝が地方の離宮に療養という形で追いやれば、気づいたらいなくなっていて町へ下りている。森へ入って数日間遭難する。とまぁ、そのほか諸々。

あまりにもやんちゃがすぎるせいで、困り果てた前皇帝が当時の左丞相に泣きつき、お目付役として同年代の皓月がつけられたとかなんとか。

しかしそれでも、皇帝の歩みは止まらない。その極め付けが、十四歳のときに留学をしたいとのたまったところだろう。こればかりは庶民の耳に入るほど大きな社会的出来事として、時報誌にも取り上げられたくらいだ。

周囲はだいぶ反対したらしいが、皇帝が亡き最愛の愛息子だったこともあり劉亮を溺愛していたらしい。皓月が共に留学するという条件で、なんとか通った話だったそうだ。それが十五歳の頃である。それから七年間もの間、長期休暇の折に帰国していたとはいえ留学をしていたのだから、放蕩息子にもほどがある。

聞けば聞くほど人騒がせな人だなぁと、優蘭は他人事のように思った。そう淡々と思ってしまうあたり、優蘭もだいぶ毒されてきている。

「陛下は昔から何一つとしてお変わりないようで……私としてはとても安心しました。ええ、色々な意味で」

「ははは……わたくしめからは、返す言葉もありませんな……」

「本当に……」

つまり、皇帝は皇帝らしさを貫いた結果、紙一重のところで難を逃れたのだ。

そこまで考えてから、優蘭はふと皓月から聞いた話を思い出した。

あれは、いつだったろうか。――そうだ、秀女選抜の準備期間のときだ。優蘭が珀家と郭家の仲があまりにも悪いことを訝しみ、皓月に問いかけたときだ。皓月の父、優蘭にとっては義父が宰相職を辞した理由を教えてもらった。

その理由は確か――「陛下と皓月が留学していた珠麻王国との国境沿いで、争いが起きかけていたのを止めるべく、内密に対応に追われていたから」。

ぱちり。今まで足りなかったものが、空いていたところにパチリと音を立ててはまったような感覚に陥る。

そこで、優蘭はぞっとした。突如として足元が取り払われたかのような、確かな恐怖。

同時に、胃の奥から込み上げてくるものがある。優蘭はそれを必死になって嚥下した。

陛下自身も、狙われていたんじゃない……！

表立って騒がれていない水面下の案件なので、具体的な日にちがいつなのかは皓月に聞いてみなければ分からないが、おそらく執毒事件が起きた頃だ。でなければ義父が前皇帝崩御後の召集に応えられない理由がない。誰かによる大きな陰謀は、既に行なわれていたのだ。

それに気づいた優蘭が思わず玄曽を見れば、彼は少しだけ瞠目してから目元を和らげた。全てを把握している、そう言わんばかりに。

同時に、気づいてしまった。その情報をここで打ち明けてしまうと、明貴の身を今より危険な場所に晒してしまうということになる。だってこれは、珀家とごく一部の人間でしか知り得ない情報だからだ。今回の犯人が明貴を標的に選んだ理由は分からないが、下手に情報を知れば今よりももっと本気で狙われるかもしれない。その事実がずっしりと、優蘭の肩にのしかかる。

だから優蘭は、一瞬で全てを飲み込んで取り繕った。そういうのは得意だ。伊達に、何年も商人をやってきていないのだから。

優蘭のわずかな変化に気づくことなく、明貴は気を取り直すためかこほんと咳払いをした。

「どちらにしても、当時の劉亮様は、他の臣下たちからしてみれば皇帝に向かない、良くも悪くも手のひらの上で転がせる存在だと思われていたのではないでしょうか？」

「なる、ほど……だから、陛下を生かしたままでいたと」

「はい。ですが、いざ皇位に就いてみれば陛下は傀儡どころかその独自の発想と行動力で宮廷内全てを掻き回しました。わたしが申し上げるのもなんですが、さぞかし悔しい思いをされたと思いますよ」

悔しい思いをしているだろうな、と優蘭も思った。あと一歩というところを、皇帝……及び、珀家に全て邪魔されたのだから。

なら、その憎悪が未だにこの後宮、宮廷内にくすぶっているのだとしたら？　当時の犯人が、未だに生きながらえているのだとしたら？

それらを飲み込み、優蘭は目を細めた。

「……まだ、その犯人が後宮内、そして宮廷内にいると。賢妃様はそう思われているということでしょうか？」

「はい、珀長官。そして犯人は四年の月日を経た今、再び後宮をめちゃくちゃにするために動き出したのではないでしょうか？」

「それは……前回の目標が達成できなかったから、ですか？」

「はい。なので手始めに、二年前からずっと邪魔だったわたしを初めの標的に選んだのではないかと」

そんなこと、全く考えたこともなかったわ……。

優蘭は思わず口元を片手で覆い隠した。そして改めて明貴の能力の高さを再認識する。この女の強みは、自分が見聞きしたものに対して「何故？」という疑問を持てるところだわ。

普通の、そう、優蘭のように「自分には関係ないから」「もう終わってしまったことだから」と判断したことに対して深く考えもせず、切り捨ててしまう人種とは違う。一度おかしいと思ったことをとことんまで突き詰めて考えてしまう。それが、賢妃・史明貴の強みだ。それは同時に、彼女自身を苦しめてきた弱みでもある。

要は、使い方だ。上手く扱えるようになればこの上ない武器になるし、使い方を間違えれば自分を傷つける凶器に変貌する。間違いなく、それは諸刃の剣だった。

でも、今回はそれがとてもありがたいわ。

明貴がいなければ、優蘭はその考えに至るまでかなりの時間を要していただろう。特に難しいのは、范燕珠の情報と今回の毒殺未遂事件を結びつけること。そして執毒事件が単独犯でないこと。そこに気づけなければ、話は全く進まない。

ふう、と、優蘭は大きく息を吐き出した。頭が痛い。朝餉を食べてきていないということもあり、頭が上手く働いていない気がした。仕事を始める前に、腹に何か入れておいたほうがいいかもしれない。

そう思いながらも、優蘭は明貴に向き直った。

「賢妃様。事情説明及び、興味深い考察をお聞かせくださりありがとうございました」

頭を深々と下げれば、明貴は首を横に振る。

「お気になさらず、珀長官。わたしは可能性の一端を挙げさせていただいたまでです。ただ……わたしが後宮入りをしてから今まで、毒殺は一度も行なわれていませんでした。機会はいくらでもあったのに、です。それが今回このような事態になったのですから……相手側としては、それ相応の理由があっての行動なのではないかと思います」

「そうですね……こちらも一度、状況を整理しつつ情報を集めてみようと思います。……

他にも何かございましたら、お気軽にお呼び付けくださいませ」

「分かりました」

「それと。今回の件は、他言無用でお願い申し上げます。……さすがに、賢妃様の身をこれ以上危険に晒すわけには参りませんので」

「……気になさらなくて良いですのに……」

いやいや、賢妃様の身に何かあったら今度こそ陛下に私が殺されますから……。

真面目に洒落にならない。上司に首を物理的に切られるのだけは勘弁してもらいたいところだ。

声に出さずとも、その辺りをなんとなく理解したのだろう。明貴は申し訳なさそうに頭を下げる。ただ、彼女にしては珍しく食い下がった。

「分かりました。ただ他に何か分かりましたら、真っ先に珀長官にお伝えさせていただきますね」

「……ご無理だけはなさらないでくださいませ」

「もちろんです。ですが、わたしとて珀長官と同じ役割を賜っていた前任者としての自負がございます。それくらいのお手伝いはさせてくださいませ」

その言葉を聞いて、優蘭は明貴が未だに自身に与えられた役割——後宮を陰ながら支え守ること——というのを大切にしているのだと気づいた。

後宮は、後宮妃たちの花園だ。優蘭の役割はそこの管理をすることで、決して役割を取り上げて花を萎れさせることではない。

そう考え、優蘭は控えめながらも頷く。

「もし何かございましたら、どうぞよろしくお願いします」

「はい。……わたしの気持ちを汲んでくださり、本当にありがとうございます」

「いえ。とりあえず本日は、あまり無理はなさらず。ご自身が考えておられるよりよっぽど心労がたまっているかと思いますから、ゆっくりお過ごしください」

「はい」

「そうですな、それが良いです。毒味役の方はこちらで見繕わせていただきますので……しばしお待ちください」

「ありがとうございます、夏様。ですが、一日二日食べずとも、どうということはありません。お気になさらずに」

あいも変わらずさっぱりとした口調で言い切る明貴に、優蘭は思わず笑ってしまった。本気でそう考えているのだろうから、明貴らしい。

そんな彼女に退室の礼をしてから、優蘭は玄曽と共に部屋を出る。未だに烏羽宮内は騒がしく、宦官や女官たちが対処に追われていた。それを尻目に水晶殿へと続く道のりを横に並んで歩いていたら、玄曽が仕事の話をしてくる。

「珀長官、とりあえず代理の毒味役の件なのですが」

「はい」

「この少女にしようかと考えています」

そう言われ、優蘭は資料を渡される。記載されていた名前は『陶丁那』。瞬間、優蘭の頭の中に一人の少女の姿が浮かんだ。

この子確か、秀女選抜の際に入ってきた子……。

妙に色白で、とても庇護欲を掻き立てられる少女だったのでよく覚えている。今後の商売のためにも是非とも秘訣が知りたかったのだが、結局彼女が言っていた井戸水の件は不発で終わった。優蘭の母がその村を見に行ったが、井戸水に関して気になる点は特にないと判断を下したからだ。

でも、なんでこの子が毒味役を……。

優蘭がそう思ったことを表情から判断したのだろう。玄曽は苦笑をしながら説明してくれる。

「彼女は、自ら毒味役を志願してきた少女なんですよ」

「……毒味役志願？　なんでそんなことを」

「理由までは聞かせてもらえませんでしたが……志願者自体は稀におりますよ。毒さえ当たらなければ、今の食事より美味しい食事にありつけますから」

「そんな変わった人がいるんですね……」

そうは言ってみたが、やはり腑に落ちない。しかし志願者がいるとなれば、その人間を優先して毒味役に据える、というのは仕方のないことだ。優蘭はすっきりしない気持ちを抱えつつもこくりと頷いた。

「分かりました。ただ、もし何かあるようでしたら私にも知らせていただけたらと」

「承りました」

そんなやり取りを終え、仕事の話は一区切りついた。少しの間、二人の間に沈黙が落ちる。それを破ったのは意外にも、玄曽のほうだった。

「……珀長官は、ご存じだったようですな」

何が、とは言わなかった。瞬時に皇帝の件だと思ったからだ。

「……ええ、まあ。夫が、留学中に起きたことは諸々教えてくださいましたので……」

「左様でしたか。やはり、珀右丞相は奥方様をとても信頼しておられるようで……わたくしめとしましても、何よりです」

なんていつものように少しだけ茶化してから、玄曽は目を細めた。

「珀長官にだけは、お伝えしておきます」

「……なんでしょうか？」

「わたくしめが陛下の側付きを辞してまで後宮宦官として働いているのは……その一件が

きっかけなのですよ」

「……え？」

思わず、素で抜けた声を上げてしまう。慌てて口元を押さえれば、玄曽が微笑んだ。

「それでは、わたくしめはこれにて。内食司のほうでも話を聞いて参ります」

「え、ちょっ」

「珀長官。これから何が起きても、どうか決してお一人にだけはなりませぬよう。――貴女様は貴女様らしく、最後まで縁というものを大切になさってください」

それが、わたくしめの最初で最後のお願いにございます。

そう、言われた。真に迫った声だった。

今まで聞いたことがないような声音。静寂の中、一人何があるかも分からない暗がりを進むような恐ろしさがあった。ぞくりと背筋が粟立ち、思わず一歩進むのをやめてしまう。

そんな優蘭に満足したかのように、玄曽は一つ頷いて礼をし、行ってしまう。

「……なんなのよ、もう……っ」

首元を押さえて、思わず毒づく。行き場のない感情が込み上げてくるが、それをどのようにして発散したら良いのか分からない。まるで、真綿で首をギリギリ絞められているような、底知れない何かが優蘭を覆っているような気がする。

一体全体、この後宮には何がいるのだ。

しかし、その言葉は決して口をつくことはなく。身も凍りそうな風だけが、優蘭の横を静かに通り過ぎていった。

その数日後、後宮に一つの噂が広まる。

『蕭麗月は、先代皇帝が残し珀家が今まで隠し守った公主である』。

――ぽちゃん。

小さい、とても小さい。しかし確かなきっかけとなる波紋が、ゆっくりと波打ち広まっていった――

第二章　妻、板挟みに陥る

「……予想以上にまずいことになったわね」

明貴毒殺未遂事件から一週間後。

部下たち全員を自分の執務室に呼んだ優蘭は、開口一番そう呟いた。

部下たちの中で一番縮こまっているのは、渦中の人こと蕭麗月――皓月だ。いつになく青い顔をした彼は、今にも消えてしまいそうなくらい儚く見える。優蘭はそれが申し訳なくて申し訳なくて、胸がキリキリ痛んだ。

そう。数日前から広まり始めたとある噂話によって、今まで表に出ることがなかった『蕭麗月』という名前が、後宮中に広まっていたのだ。

その噂話は、『蕭麗月は、先代皇帝が残し珀家が今まで隠し守った公主である』というもの。噂話が広まった時期や広まり方、状況等を考えるに、誰かが故意的に流したものだ。

その噂話を聞いたとき、優蘭は「何をそんな馬鹿な」と思った。正直言って、鼻で笑った。だって、あまりにも馬鹿馬鹿しい、信憑性の乏しい噂話だったからだ。だから特に対処をする必要もないまま、消えると思っていた。

しかし優蘭の予想に反して、噂話はあれよあれよという間に広まったのだ。悪意を持った誰かの手によって。

そしてその上もっとまずいのが、明貴の一件を機に毒殺未遂事件が多発しているということ。この一週間だけで、明貴の一件を含めて被害は五人にも及んでいる。そのせいで、大抵の毒味が暇を出されている。これは、誰がどう見ても相当まずい状況だ。

まずい、絶対にまずい……このままいけば、今回の犯人は麗月ということにさせられる。

理由は明確。麗月という存在が公主かもしれないから。しかも先代皇帝の遺児となれば、皇位継承権があるということになる。

黎暉大国における継承順位は、生まれた順だ。そして尚且つ男児のほうから優先的に上位に持ち上げられ、女児は男児の次という形になる。なので本来ならば、公主が女帝として国を統べることは相当なことがない限り有り得ない。

しかし現状、特に紫薔の子どもが生まれる前に公主が現れ、尚且つ現皇帝・劉亮が何かしらの理由で皇位を退けば――必然的に、皇位継承権は公主に移る。ここまでお膳立てされれば、誰が一番犯人として有力か分からない者はいないだろう。

特に今回の毒殺未遂というのは、現皇帝をほどよく馬鹿にできる良策だ。ついでに優蘭の監督不行き届き等も付くし、そんな優蘭を管理人に選んだ皇帝本人と、その管理人の夫である皓月、また珀家そのものにも傷をつけることができるかもしれない。邪魔なものを一気に清掃できるいい機会、というべきだろうか。

よくよく考えなくても、そもそも珀家が公主を後宮に入れる理由はないのにね。

本当に上をすげ替えてやるという気があるのであれば、珀家の実家で大事に大事に囲って現政権が倒れかけた頃公主を連れて皇位継承権を主張すればいいだけだ。しかしそれが分からないほど、後宮は毒に対する恐怖と『蕭麗月』という女官に対する不信感に染まりきっている。死への恐怖というのは、何物にも堪え難いものだった。

そっか……多分四年前も、こんな感じだったわけね。

おかしなことがたくさんあっても、一度火がついてしまえば後は燃え広がるだけ。今更優蘭が適当なことを言って麗月の無実を訴えても、健美省そのものへの不信感が募るだけで終わるだろう。

だから優蘭は、この件に手を出せずにいた。

ここ一週間での惨状を思い出し、二人して無言のまま顔を歪めていると、腕を組んでいた梅香が「あー！」と突如として声を上げる。

「今にも死にそうなくらい辛気臭い顔をするの、やめてもらっていいですか長官!?」

「え、あ、ごめん。そんな顔してた？」

「してましたよ！　どうせあなたのことですから、蕭麗月に対して申し訳ないとか思ってたんでしょう!?　そう思うのは仕方ないですけど……そもそも悪いことなんて何一つとしてしてないんですから、反省する必要はあっても申し訳なさを感じる必要はないはずです、違います⁉」

「い、いえ……違わない、わね」

梅香の迫力に負けて、優蘭はたじろぎながらもこくこく頷いた。目力がいつになく強くて、どこか鬼気迫っている。こんな梅香を見たのは初めてだった。

彼女はその顔を維持したまま、きっと皓月を睨む。

「そして、あんた！　蕭麗月！　あんたもそんな、死人のような顔をするのはやめて！　何も悪いことはしていないのでしょう、なら胸を張りなさい！」

「で、ですが……わたしのせいで、健美省が悪く言われていますし……」

「悪口が何よ、長官が長官になる前だってすごかったでしょ！」

「そうね。物は盗まれるし部屋は荒らされるし、一回井戸に落とされて死にかけたしね。それを考えたら安いものよ」

「長官はいちいち口を挟まないでくださいます？」

「はい、ごめんなさい。口をつぐみます」

鬼のような形相の部下に茶化すなと言われ、優蘭は笑みを浮かべたままそっと目を逸らした。茶化したつもりなどこれっぽっちもなかったが、それを言ったらさらに悪化しそうだったのでおとなしくしておくことにする。

優蘭を黙らせた梅香はすぐさま皓月に視線を向けると、きゅっと唇を噛む。その瞳はどこか泣きそうに潤んでいた。

「そもそも、あんたが悪いわけじゃないでしょ。なのになんで、自分が悪いみたいな顔するのよ⁉」

「それは……わたしのせいで、皆さんにご迷惑がかかっているから……わたし自身が傷つくより、皆さんに害が及ぶほうがよっぽどつらいです」

その言葉が真に迫っていて、優蘭の胃がきゅっと引き絞られる。そんなの、優蘭とて同じだ。自分のせいで大事な人たちが傷つくなど、耐えきれない。

優蘭なら納得して、思わず押し黙ったであろう。しかし梅香はより声を荒らげて、凄まじい形相になりながら叫んだ。

「ばっかじゃないの！　そんなの、わたしたちだって同じに決まってんでしょッッッ‼」

「……え……」

「あんたがそうやって罪悪感に苛まれてどんどん縮こまってんの見てると、こっちもどんどん申し訳なくなってくんのよ！　緊張と不安が伝播するの！　逆に迷惑なのよその気遣いは！」

「ウッ」

うわ。くそ辛辣ね……？

正論なのだが、正論ゆえに心に突き刺さる。それはもう激しく。その証拠に、痛みに耐え兼ねた皓月が胸元を押さえていた。ついでに言うなら、優蘭の心にもぐさりと特大の矢が刺さっている。

そんな被害甚大の発言を各方面に突きつけてから、梅香はさらに胸の内を曝け出した。

「それに！　あんたがそんなふうに落ち込んでたら、仕掛けてきた奴らの思う壺じゃない！　そんなことも分からないで長官の補佐についていたの!?　信じらんない！」

「え、ええと、ですが……悪かった点をちゃんと理解して反省しなくては、次に繋げられないのでは……？」

「今はそういう実践的なことを話してるんじゃないわよいいから聞きなさいよ……あんた本当にそういうところが駄目なんだからね……？」

「あ、え、その……申し訳ございません……」

「だーかーら。あんたは悪くないんだから謝るんじゃないって言ってるの！　もう！」

ちぐはぐな回答に、優蘭は思わず噴き出す。そうしたら梅香にぎろりと睨まれ、口元を押さえてすすすと目を逸らした。

「もうなんでもいいのよ。とにかく！　その顔をやめろって言ってるの！　だってあんた、別に公主でもなんでもないんでしょ!?」

「は、はい。それはもちろん」

「なら、胸を張りなさい。いい？」

「はいっ！」

いかにも梅香らしい、しかしとても気遣いに溢れたやりとりだった。それに続いて、今までおどおどとしていた五彩宦官までもが「そ、そうですよ」「麗月さんが公主なわけないじゃないですか！」「いや、そりゃ確かに公主だったとしても違和感ないくらい美しいですが！」「だからって、公主だなんて」「ないない！」とわけの分からない擁護とも言えない何かを飛ばす。

「は？　あんたたち、擁護する気あんの？」

「ひいい」

「こわいこわいこわい」

「擁護する気があんなら黙ってなさい！」

『すみませんでした黙ってますッッ！』

野次に近いそれは、梅香の一睨みによって一蹴されていたが。

しかしいつも通りのやり取りが戻ってきて、優蘭の気持ちもどことなく明るくなる。

そう。梅香は、皓月が公主でないことを信じてくれているのだ。それが何より嬉しくて、でもどこかちょっと申し訳なかった。

公主ではないけれど、男ではあるわけだから、嘘をついていることには変わりないのよね……。

とにもかくにも、だ。

梅香の入れてくれた活のおかげで少しだけ場が明るくなったが、現状は何一つとして変わらない。しかし少しばかり頭がすっきりはした。そう、今やるべきことはここでうだうだと悩むことではない。次に向けての対策を練ることだ。

優蘭はぱんっと一つ手を叩いた。

「よし！　それじゃあここで一つ、状況を整理しましょうか！」

優蘭は、備え付けられている木簡を三つ執務机の上に置くと、それぞれに筆を走らせる。

そして書き終えたそれを一つずつ掲げた。

『一、毒殺未遂事件多発

一、年末会議「紫金会」に向けた準備

一、麗月公主疑惑』

「今健美省が抱えている問題は、この三つよ」

改めてまとめてみると、なかなかに多い。相手の思惑通りなのだが、本当にイライラするなと優蘭は内心憤った。

そこをぐっと堪え、この中で一番優先するべきもの――『毒殺未遂事件』と書かれた札を手に取る。

「今回一番解決しなきゃならないのは、これよ。妃たちの毒殺未遂事件。なんでか分かる？」

場の空気に一体感を与えるためにも問いかけると、素直にも「はーい」という声とともに手を上げた黄明が口を開く。

「犯人が見つかれば、麗月さんに対する疑惑も多少なりとも払拭するから、ですか？」

「そう、正解」

優蘭はからんからんと音を立てながら、『一、毒殺未遂事件多発』と『一、麗月公主疑惑』と記載された木簡を卓上に落とした。

「これの犯人さえ判明すれば、少なくとも麗月が犯人だという噂話はなくなるわ。そうすれば公主疑惑くらい、勝手に沈静化するでしょ」

「確かに」

「だから今回健美省は、毒殺未遂事件解決を最優先事項として動きます。いい？」

『御意』

続けて何をして欲しいか伝えようとしたら、麗月が恐る恐る手を挙げた。

「あ、の……優蘭様。一つよろしいでしょうか？」

「……どうかした、麗月？」

「は、はい」

　少しおどおどと忙しなく視線を彷徨わせながら、麗月は口を開く。

「わたしの、公主疑惑に関してなのですが……わたしに、良い案があるんです。ですので どうか、対応はわたしに任せていただけませんか？」

　一瞬、場が静まり返った。

　梅香が険しい顔をして何か言おうとするのを、優蘭は片手を上げて制する。そして代わりに自分が言葉を紡いだ。

「麗月。これは、もうあなただけの問題じゃないわ。健美省という一つの機関が解決しなければならない大問題なの。それは分かっているかしら？」

「はい、もちろんです」

　皓月に語りかけるというより、梅香と五彩宦官に対して分かりやすいように、と配慮をして優蘭は問いを選んだ。

　そう、だって。自身の夫がそんな初歩的なこと、分かっていないはずがないのだから。

　そんなこと、この数ヶ月に亘る夫婦生活で理解している。皓月が「どうにかできる」と発言したのであれば、それは実際問題「どうにかできること」なのだ。

　だからこそ、梅香と五彩宦官を納得させるために、優蘭はさらにそれを重ねていく。

「つまり、良案があると」

「はい。それを解決するための人員等も揃えております」

「その協力者は信頼できるの？」

「はい。身内ですので……あまりにも早い広まり方に違和を感じた辺りから、わたし一人でどうにもならないと確信していましたので、事前に呼び寄せていました」

「そう」

しかし作戦自体を言おうとはしない辺り、それ相応に事情があるように思う。

優蘭は改めて皓月の目を見た。その瞳からは、嘘偽りを言っている感じはしない。

そして優蘭が自身の考えを見極めていることが分かっているからか、皓月はぐっと眉を寄せた。その目に今までにないくらいの切実な色を見て、優蘭は思わずたじろぐ。

「お願いいたします、優蘭様。必ず――必ず、解決させるとお約束いたします」

「……麗月……」

「何に変えても、必ず。優蘭様のお立場をこれ以上、悪くはさせません」

お願いします。

そう駄目押しのように言われ、頭を下げられてしまってはもうどうしようもなかった。

優蘭は唸りながら、自身の首をぐっと押さえる。

今の皓月には確実に、解決するための方法が浮かんでいる。優蘭はそう確信した。

だからと言って、不安がないわけではない。皓月には右丞相――皇帝の宰相としての仕事があるわけだし、ただでさえ二重生活を送っているのだ。それを一人で解決するということは、かなりの負担になる。

　しかし同時に、皓月を信じたい気持ちもあって。優蘭は渋々、躊躇いながらも頷いた。

「……分かったわ。そこまで言うのであれば、麗月の『公主疑惑』に関しての解決は、麗月自身に任せます。……作戦内容に関しては、私に後で報告をして頂戴」

「御意に」

「ちょっと、長官⁉　この状況下でそんなことを言っていいんですか⁉」

　梅香が素っ頓狂な声をあげる中、優蘭は黙っていた。皓月の目をじいっと見て、今彼が何を考えているのか探っていたからだ。

　皓月は、隠すのが上手いわ。だけれど、嘘はつかない。

　特に、優蘭の害になること、また申し訳なさを感じていることに関しては、彼はとても分かりやすく反応する。態度に出るのだ。

　そして今回の皓月は特に動揺した様子もなく、優蘭に「任せてください」と目で語りかけてきている。

　……これなら、大丈夫かしら。

　優蘭は改めてそう思い、頷いた。

「梅香。とりあえず今回は、麗月に任せるわ。作戦内容に関しては、事情が事情なだけに後で話せる範囲だけ伝えます。聞き分けて頂戴」

「っ、ですがっ……」

「梅香、気持ちは分かるわ。……だから麗月。二週間以内に片がつかないようならば、私が介入いたします」

「……はい」

「途中経過は三日おきに報告すること、いいわね？」

「はい」

心配していないわけではない。だが、皓月にならば任せられるという信頼があった。それだけの実力があるからだ。

そして優蘭と皓月自身がやり取りを交わしたのを見て、梅香はもう諦めたのだろう。険しい顔をしてため息をこぼしながらも、仕方ないというふうにそっぽを向いた。

可愛いな、と優蘭は思う。なんだかんだ、皓月のことが心配なのだ、梅香は。

ふっと肩の力を抜いた優蘭は、場を切り替えるためにもパンっと手を叩いた。

「とりあえず、この話はおしまい！　というわけで、健美省は『毒殺未遂事件』を中心に動きつつ、『麗月公主疑惑』のほうは麗月単独で動き、経過観察とします。『紫金会』のほうは……まぁ幸い、大枠はできているのだし。あとは私のほうでなんとかするわ。いいかしら？」

すると、厳しい表情をした朱睿が不機嫌そうに口を開いた。

「あの……長官」

「ん？　何？」

「それって、長官への負担がでかすぎませんか」

「……『紫金会』の準備の話？」

「はい」

優蘭は頬を掻きながら、ため息をこぼした。

「まあ確かに、諸々の書類整理だとかやること盛り沢山だし、時間もないしでかなり厳しいけれど。私たちの仕事って、『後宮妃の管理』なのよね。だから、優先順位は絶対的に毒殺事件のほうなの。人命もかかっているし、当然よね」

「……そう、ですが。でも『紫金会』はこれからの健美省の行方を担う大切な会議です」

「うん、そうね。未来のための布石ね」

「それなのに、なのに……！」

他の五彩宦官も同じ気持ちなのか、目元を涙でにじませながら、悔しそうに唇をわななかせている。

梅香はというと、何か言いたげに口をへの字に曲げていたが、優蘭と視線が重なるとそっぽを向いた。そんな態度に思わず笑いがこみ上げる。

朱睿が言いたいことはなんとなく分かる。本当ならば、両方に注力したいということも。

今までコツコツ積み上げてきたものをこんなふうに壊されるのは、正直言って我慢ならないだろう。

しかしそこをぐっと堪えて、優蘭は上官らしく決断をしなくてはならない。

「聞き分けなさい。今回の件は、両方に注力すれば確実に両方ともを失う危険が伴う案件よ。特にあなたたちは、両方ともをこなせるほど器用じゃないはず。年齢は十七、十八くらいでしょう？　まだまだ経験も知識も足りない。なら大人しく、そっちだけに集中しなさいな」

「でも、だって……だって！」

そこまで言ってから、彼らは決まりが悪そうに顔を背けた。自分たちも同じことをして、秀女選抜をめちゃくちゃにしようとしたことを思い出したのだろう。その通りだ。彼らのやったことは、それほどまでのことだった。

ただ、それに気づいたことがなんだかおかしくて愛おしくて、優蘭は肩を震わせた。

……たった数ヶ月でほんと、随分変わったわよね。

初めて出会ったときに嫌がらせをされていたとは思えないくらい、五彩宦官はすっかり健美省に馴染んでいる。今ではこうして罪悪感を抱くまでになっていた。それは、確かな成長だ。

優蘭は、緩みかかっていた頬をきゅっと引き締めた。

「そ。今回の出来事は、過去のあなたたちも犯したことよ。それは理解できたみたいね」

「は、い。その……今更かもしれませんが、本当にすみません、でした……」

それを皮切りに五彩宦官全員が謝罪を述べ出そうとするのを、片手で制する。別にこの場での謝罪など望んではいない。

「謝罪なんかしても、過去に犯した罪は消えないわ。それは分かるわね？」

「……はい」

「なら、なぜ謝罪をするのか。それは至極簡単、相手に自身が心の底から反省しているという気持ちを、誠意を伝えるためよ。でなければ謝罪なんてしたところで、形式上のものでしかない。意味がないわ」

「……は、い」

「……そしてこの数ヶ月の勤務で、私はあなたたちの誠意を受け止めました。ええ、これだけ働いてくれているんだから、もう十分。過去のあなたたちの行ないは、決して消えないけれど。それでも、私はあなたたちを許します」

「……え？」

「むしろこっちがえ、なんだけど。何その反応。初めのうちはあれだったけど、その後は真面目に働いていたじゃない。自覚ない？」

「え、あ……え……」

優蘭の褒め言葉に、五彩宦官は鳩が豆鉄砲を喰らったような反応を見せる。だけれどだんだんと優蘭の言葉を噛み締め頭で理解し始めたのか、目が潤み出す。

そんな五彩宦官に、優蘭は片眉を持ち上げた。

「お馬鹿ね、あなたたち。これでも信頼して、毒殺未遂事件の犯人捜しのための情報収集を任せてるの。無駄な心配してないで、私の伝えた仕事をちゃんとこなしなさい」

「うっうっ……は、いっ、長官っ！」

「がんばります……っ」

「……その頑張りが、空回りしないことを祈っているわ」

「うぐっ」

「まあまあ、梅香。そこは良い感じに補佐してあげて？」

「……善処します」

調子に乗りやすい五彩宦官と、仕事に関してとても厳しい梅香。なんだかんだで、良い組み合わせかもしれない。

そう思いながら、優蘭は協力者を増やすべく取り急ぎ文をしたためたのだった。

＊

内食司女官長、内儀司女官長に協力の要請を求める文を渡し、今日一日はとりあえず情報収集に勤しんだ。

そんな慌ただしい一日も無事終わり、優蘭は女装をした皓月とともにガタガタと馬車に揺られていた。

ふう。今日も一日疲れたわね……。

その代わりと言ってはなんだが、麗月として働く皓月と一緒に過ごす時間が増えている気がする。そしてそれは決して勘違いではないのだろう。

今この状況下で『麗月』が後宮にいない時間が増えたら……麗月が尚のこと疑われるから。

そしてそれを彼に強要させてしまっているのは、ひとえに優蘭の至らなさゆえだ。もっと早くに気づいて火消しをしていたら、こうはならなかったかもしれない。たくさんの視線の中で、窮屈な思いをしなかったかもしれないのだ。そのことに、ひどい罪悪感を覚える。

そして負荷のかかる二重生活のせいか。皓月は珍しく、馬車の中で眠っていた。向かい側に座りこくりこくりと頭を揺らす姿があまりにも不安定で、優蘭は慌てる。

あああああ……っ。このままいったら倒れそう……！

耐え切れなくなり、優蘭は思わずとなりに腰掛けてしまった。皓月が起きないように細心の注意を払いつつ、彼の頭が自身の膝の上に乗るよう座る位置を調整する。

もちろん羞恥心はあったが、それ以上に皓月に対する罪悪感と憂慮があった。それらを天秤にかけた結果、後者のほうが勝ったというわけである。

とりあえずこれで、頭が揺れることはなくなったかしら……。

ほう、と息を吐く。そして、皓月の顔を上から見つめた。

珍しい視線の位置だと、そう思う。皓月は割と長身なので、優蘭が彼を見下ろす瞬間は今までなかった。なので少し新鮮で、おもわずじぃっと見つめてしまう。

「……綺麗な横顔」

色白の肌に、長い睫毛。うっすらと開いた唇からは、微かな吐息が漏れている。起きているときよりも、心なしか幼く見える気がする。化粧をしているということもあるが、それを差し引いたとしても本当に美しい人だった。

それなのに、今は目の下に化粧でも隠し切れない隈がある。純粋に睡眠不足だろう。なのに何も言わないし、ずっと微笑んでいる。

皓月が優蘭に堪え切れない心情を吐露してくれたのは、後にも先にもあの一回きり。珀家の役割を話してくれた、あのときだけだった。

他にも、たくさんの思いがあったはずなのに。

この人は一体、どれくらいの痛みを抱えて生きているんだろう。

ふと、純粋にそんな疑問を抱いてしまった。

日々たくさんの痛みとともに心を削られている中、ぽっかり空いたこの人の虚ろを満たしているのは一体全体なんなのだろうか。この人の心の傷を癒しているのは。

……皓月の痛みも苦しみも全部、分かち合うことができたら良いのに。

ぎゅっと唇を嚙み締め、優蘭はそうっと皓月の頰に触れた。ぬるい温度が、指先を伝って沁みてくる。

それがとても頼りなくて、儚くて、たまらなくなる。

「っ!」

こみ上げてきた涙を堪えるべく思わず上を向いたら、皓月がわずかにみじろぎした。びくりと優蘭は肩を震わせる。

「……ん……ゆうらん?」

「こう、げつ……? っ、す、すみません。起こしてしまいましたか?」

焦点の合っていない瞳がゆらゆら揺れ、数回ぱちぱちと瞬く。頭が動き上を向いた。その瞳が優蘭の瞳とばっちり合ったとき、柔らかく細められた。

「優蘭だ」

そういうや否や、皓月の大きな手が伸びてくる。その指が、優蘭がやったのと同じように頰に触れた。見た目の華奢さとは裏腹にしっかりと硬い、武人の手だ。

皓月の一挙一動に、まるで釘付けにされたかのように目が離せない。

そしたら、頰に伸ばされた手がまるで壊れ物を扱うように撫でてきて、体温が一気に上がった。

「……すみません、眠ってしまったんですね。膝まで貸していただいたみたいで……」

「い、いえ……お疲れでしょうから、今日は早めに寝てください」

「ふふ、ありがとうございます。……この角度から見る優蘭は、初めてですね」

「……へっ？　そ、そそそ、そう、です……ね……？」

ぼんやりしたままの皓月が、少しだけはにかんでから苦虫を嚙み潰したような顔をした。

びくりと、優蘭の肩が震える。

「……この度は、本当に申し訳ありません」

「……謝罪なんて必要ありませんよ。この状況を見越して動けなかった私が一番悪いので」

「いえ、そうではなく」

皓月がゆるゆると首を横に振る。

「……今回の件は、わたしの立場が曖昧なせいで起きたことです」

「……それ、は」

「動きやすさを重視して、わざと『蕭麗月』という存在の過去を曖昧にしていました」

優蘭は黙りこくった。確かに、今回相手が付け入る隙を作ったのはその存在の曖昧さだ。もう少し細かく設定を決めて、捏造すれば良かったのかもしれない。

「それは確かに利点でもありましたが……今回のように、敵の作戦に使われる危険性も多く孕んでいた。これは、その可能性に気づけずそのままにしていたわたしの失態です」

皓月の伸ばしていた手が力なく落ちていく。優蘭の頬から熱が離れて、外気をより一層冷たく感じた。

そうして、落ちていく手を。

優蘭は、がっしりと摑んだ。

「――いや、皓月のせいではないですよね、それ？」

「……へ？」

思わず、真顔で言ってしまった。皓月が目を丸くしている。しかし、優蘭の心中を占めているのは一つだった。――「いやいやいやいや、全て皇帝のせいでしょう？」。

「どんな経緯で『蕭麗月』ができたのかは知りませんけど、曖昧にしておいたほうが色々と都合がいいと考えたのは陛下も一緒ですよね？」

「え、ええ。まあ、はい」

「で、今の今まで特に何もしてこなかった、と。なら、陛下も同罪ですよ、ええ」

「……いや、ですがわたしがその辺りの見極めをするべきでしたし……」

尚も食い下がろうとする皓月の手を今度は両手で持つと、優蘭は満面の笑みで首を横に振った。いつになく清々しい、疲れを知らないような爽やかな笑みだった。

「そもそも、ですよ、皓月」

「は、はい」

「今の今まで、こんな無茶苦茶な二重生活を続けてこられたことのほうがすごいんですよ？　普通なら気づかれてますからね？　そして仕事量だって頭おかしいくらいなんですからね？　過労死だってあり得るくらい、皓月は今馬車馬のように働いていますからね？」

この辺り、いい加減自覚したほうがいいと思うのよね、私。

明らかに、一人が行なっていい仕事量を超えている。しかも大幅な超過だ。いくら皓月が優秀で有能で才能に満ち満ちた人だからといって、やっていいことと悪いことがあるのだ。お互いにいい加減にしたほうがいいと思う、真面目に。

そしてその正論に、皓月はわりかし狼狽えたようだ。先ほどまでの悲しそうな顔とは一変、あわあわと慌てている。しかし優蘭がしっかりと手を掴んでいるため、起き上がろうにも起き上がれない。

それをいいことに、優蘭は攻めの態勢に入った。

「というか、設定を細かく決めていたら決めていたで確実にボロが出ていたと思いますよ私。だってこの世にいない人物の捏造なんですから。ちょっと調べられただけでバレる可能性がありますもん。なので私としては、空白くらいのほうがちょうど良いと思いましたね、だって一発でバレる可能性はなくなるわけですし。ただ……やはり、この辺りが潮時というやつなのでは？」

「うっ……」

「それとも、その無茶を押し通さなくてはならない理由があるんですか？」

皓月はぐっと押し黙った。そして眉を八の字にして申し訳なさそうな顔をしてから目を逸らす。

あ……この顔は、わけありの顔だわ。

この数ヶ月、優蘭はこの顔を幾度となく見てきた。そしてその大半にはいつだって、皇帝が関与している。

つまりは、仕事の話だ。仕事の話ともなれば、優蘭が口を挟めるものではない。

それでも、胸の内側にどろどろとしたものが溜まっていくのを感じた。この感情は、優蘭の私情だ。仕事とは分けるべき、個人の気持ちである。切り離せなければ、大人とは言えない。

だけれどどうしてももやもやし、そしてそれをどうにか霧散させようと、優蘭はため息を漏らした。

「あるんですね」

「……はい。一応は」

おずおずと、皓月が頷く。借りてきた猫のようにおとなしくなった夫に、優蘭はまっすぐと視線を向けた。

「分かりました。では、これだけは教えてください。——この無茶苦茶は、皓月の身に危機が迫ったとしても押し通すべき、利益の伴った無茶苦茶なんですか？」

ぱちくりと、皓月が瞬いた。しかし優蘭の目が真剣なことを一瞬で悟った彼は、それを真っ向から受け止め強く頷く。

「はい。それだけは必ず、保証できます」

力強い物言いに、優蘭の頬が緩みそうになる。だけれどこの場でそれをすると全て台無しになってしまうので、必死になって堪えた。それでも、内心はかなり沸き立っている。

この顔が……この表情が。私、本当に好きなのよね。

覚悟を決めた皓月の顔は、いつだってどんなときだって美しかった。今回もとても、とても。なので優蘭は「仕方ないですね」という顔を作って皓月を見下ろした。

「分かりました。なら、私から言うことはこれ以上ありません」

「優蘭……」

「ただし！　危ないと思ったら必ず引くこと。それだけは守ってください。……皓月は皓月らしく、いろんな人と関わりながら仕事をしてください。皓月には既に、コツコツ信頼を積み上げていくという、大きな強みがあるんですから。それを生かした働き方をしてくださいね」

「……ありがとうございます、優蘭」

「いえいえ、どういたしまして」

そんなやり取りをしていたら、おずおずと外から声がかかる。

『……あの、旦那様、奥様。お屋敷に着きましたよ』

従者の声だった。どうやら気を遣って、優蘭と皓月の話が終わるまで待ってくれていたらしい。

二人は顔を見合わせた。そしてどちらからともなく笑い声を上げる。

「すみません、お待たせしました。今出ます」

皓月がそう言いながら起き上がろうとした――そんなときだった。

『ほんっとうよぉ。馬車の中でイチャイチャするのは構わないけれど、このあたくしをいつまでも寒空の下で待たせるのはいかがなものかと思うわ、皓月』

聞き馴染みのない、しかし聞き覚えのある美しい女性の声が響いたのは。

優蘭と皓月は思わず、引きつった笑みを浮かべた。皓月は弾かれたように起き上がり、慌てて馬車の扉を開く。

そこには、とてもとても申し訳なさそうに縮こまりながらも明かりを持って場を照らす従者と——一人の、絶世の美女がいた。

新雪のように白く美しい肌、卵形の整った顔立ち。濡羽色の艶やかな髪は、明かりを浴びてなまめかしく輝いていた。衣の上からでも分かるほど整った肢体は扇情的で、とても女性らしい。

睫毛はぱっちりと長く、垂れ目がちな瞳から覗くまろやかな瞳からは女性の色香が覗いている。色素の薄い艶やかな唇、そしてその右側につや黒子。それがより一層、彼女の美しさを惹き立たせていた。

彼女は、皓月を見ると少し冷めた顔をして、しかし優蘭の存在に気づくと満面の笑みを浮かべる。

「ごきげんよう、今晩は。あたくしの可愛い愚息。そして……優蘭ちゃん」

「……今晩は、母上」

「……今晩は。お久しぶりです——お義母様」

皓月の実の母であり、優蘭の義母であり、珀家当主の妻・珀璃美。

彼女は白い吐息を吐きながら、うっとりするような笑みを浮かべていた。

場所は変わり、珀家次期当主の屋敷、居間にて。

味のしない夕餉をなんとか終えた優蘭は、今までにないぐらいの冷や汗をかきながら、椅子に腰掛けていた。

横には同じように、無言でちょこんと椅子に座る皓月がいる。

そして向かい側には、長椅子にまるで自身が屋敷の主人だと言わんばかりの態度で座る義母、璃美がいる。優蘭と彼女の邂逅は、これで三回目だった。

一回目が、婚姻のとき。二回目が、優蘭が公式の場で皇帝に御目通りをしたとき。そのときの総合的な衣装を見繕ってくれたのが、璃美を含めた珀家の女性陣だった。

そして今回で、三回目。はっきり言えば、未だに三回しか会っていない。なのでそれ以外の文でのやり取りでくらいしか、璃美の人となりを知らない優蘭だったが、それでも分かっていることがあった。

それは――璃美と皓月の仲が、あまりよくないということ。しかも、はたから見ていると複雑な感じに仲が良くない。

その一方で、彼女自身はこの上ないくらい、優蘭を気に入ってくれている、ということだった。

「あら二人とも、そんなに緊張してどうしたのかしら？」

璃美はにこにこと微笑みながら、皓月を見、優蘭を見て首を傾げた。

「いや、ですね……その……」

優蘭はきょろきょろと視線を忙しなく彷徨わせる。皓月、璃美、彼らを交互に見た。この二人から漂ってくる雰囲気は、正直とても険悪だ。皓月はいつも以上に縮こまっているし、璃美はそんな皓月に優しい表情を貼り付けたまま、冷めた、厳しい目を向けている。

そんな二人の雰囲気から口を挟めずにいた優蘭だったが、皓月が意を決したように顔を上げ口を開いたことで、少しだけ場が動いた。

「……母上がこの状況下で陵苑にいらっしゃった理由を伺いたいのです。……わたしのせい、ですよね？」

「……あら、よく分かっているようで何よりだわ。これで分かっていなかったら、珀家次期当主としては失格だものねえ？」

棘を多分に含んだ言に、優蘭は震える。璃美は美しい顔を歪めながら、皓月を見た。

「後宮内部に仕込んでいるあたくしの可愛い間諜から、情報はもう聞いているわ。ねえ、皓月……あなた、珀家次期当主の自覚がおありなの？」

底冷えするような吹雪のような声音に、それを直接向けられているわけではない優蘭でさえ震え上がった。

恐ろしい。この恐ろしさは、皇帝に殴られそうになったときとはまた違う精神に訴えかけてくる恐ろしさだった。

皓月は、それに無言で耐えている。璃美はなおのこと続けた。

「珀家の人間なのであれば、噂が出始めた段階で手を打つことができたはず。自分が噂の渦中にあったならなおのことよ。むしろそれが珀家の得意分野でしょうに、まんまとしてやられちゃって……」

「……申し訳ございません、母上」

「謝罪ならば優蘭ちゃんになさい。お前のせいで窮屈な思いをしているのは、他でもないお前の妻よ？」

「え、わ、私ですか⁉」

唐突に話を振られ、優蘭は慌てた。

「いやいや、後宮では私が上官です。それに、噂に関しては私がもっと早く気づくべきでした。なのでその……皓月一人のせいではありません。連帯責任です」

仕事のことなので、そこはきっぱりと言い切る。そう、今回の件は皓月だけの責任ではないのだ。

むしろ、姑の立場としては不甲斐ない嫁を責めるべきなのでは……？

そう思うのだが、むしろ璃美は相貌を崩して満面の笑みを浮かべる。

「あーー本当にもう嫌だわぁ！　優蘭ちゃん、可愛い！　最高っ！」

「えっ、いや、」

褒められると思っていない人から褒められると、なんというかとても居心地が悪い心境にさせられる。

そんな優蘭の気持ちを知ってか知らずか、璃美はなおも続けた。

「ほんといいお嫁さんだわぁ……お仕事もちゃんとしてるし、こんなに不甲斐ない愚息を庇ってくれるし……本当にとっても勿体ない」

「……はい。本当に、わたしには勿体ないくらいの良い妻です」

「分かっているじゃない。ならもっとちゃんとなさいね、皓月。今回の件は、珀家のこれからにも大きな影響を与える大事件です。早急に解決なさい」

「はい、母上。ご迷惑をおかけし、大変申し訳ございません」

……………わあああああ！　この空気やめてえええええ!?

優蘭は、頭を掻き毟りたい衝動に駆られた。

そう。この通り、皓月と璃美の関係というのはなんというか、とても複雑なのだ。

璃美の発言にはいつだって棘があり、皓月の行動自体を咎めるようなものが多い。そして皓月自身はそれをただ受け止めるため、見ているこちらがハラハラしてしまう。

今までのやり取りは少なく、実際に顔を合わせたのも二回だけだったので何かの間違いかと思っていたが、二人のやり取りはこれが標準なようだった。

それともなんだろうか、新手の嫁いじめだろうか。それともこれは、貴族間ではよくあるものなのだろうか。とにもかくにも、随分と高度な嫁いじめである。優蘭への効果は絶大だ。罪悪感やら何やらがごちゃ混ぜになって、胸がとにかく痛い。ここ最近の心労もあり、冷静な判断ができそうになかった。

助けを求めるべく後ろで控えている屋敷の侍女頭・宝湘雲(ほうしょううん)に視線を向けると、彼女はそれを敏感にも受け止めてくれた。

以前皓月から聞いた話だと、湘雲さんはお義母(かあ)様お付きの侍女だったらしいし、こういう状況を打破してくれるだけの手腕は持ち合わせているはず……！

その願いが通じたのか、湘雲が動き出した。そして大きめにため息を漏らす。

「璃美様。本日はその辺りになさってくださいませ。お二人は見ての通り、とてもお疲れです。お二人の心身の健康を管理している身としましては、これ以上のお説教は控えていただけたらと」

「あら、湘雲にそこまで言われたら、仕方ないわね。分かりました、今日のところはあたくしもお説教はやめにいたします。……でも」

立ち上がり、皓月と優蘭両方に璃美は視線を送る。その瞳(ひとみ)は笑っているのに鋭くて、ぞくりと背筋に悪寒が走った。

璃美は麗しく微笑んだまま言う。

「そろそろ潮時でしょう、皓月。女官の仕事はそろそろやめにして、お前は右丞相の仕事に専念なさいな」

「…………はい。そう、ですね」

その発言に、優蘭は思わず押し黙った。

そう。元々は、健美省が安定するまでの一時的な人員配置だったはずだ。そして、人員を含めて場を整えてから立ち去る予定だったのだと思う。そのために、今こうして健美省には、多くの人が集まってきているのだから。

皓月が、そばからいなくなる。

それを考えていなかったわけではないはずなのに。こんなにも恐ろしいと感じてしまうのは、こんな現状が続いているからだろうか。

優蘭が思わず俯いていると、璃美はパッと表情を華やがせた。

「あ、今日のところは荷物も運び切れていないですし他にやることもあるから、お暇しますけれど」

「え、あ、はい……？」

「あたくし、四日後からこちらに居候させていただきますからね。二人とも、そのつもりでいて頂戴」

え。

……え。

…………え⁉

優蘭と皓月は、揃って目を見開いた。思わず顔を見合わせてしまう。

皓月が勢い余って立ち上がり、膝を強かに卓に打ち付けていたがそれを無視して叫ぶ。

「え、そ、それはどういうことですか母上!? 都にはもう一つ、父上と母上専用のお屋敷がありましたよね!?」

「もちろんあるわよぉ? でも、一人で過ごすだなんてつまらないじゃない」

「で、ですが……わたしたちはいまだに新婚ですし、仕事も忙しいことですし、その……その辺りのことを考えていただいても……」

「あら、なぁに? あたくしがいると、暮らしにくいというの?」

「うっ。い、いえ、そのようなことは……」

いまだに歯切れの悪い言い方をしつつも食い下がろうとする皓月を見て、璃美はじとっとした目を向けていた。そして開いた扇子を口元に当て、肩を竦める。

「ならいいじゃない。それに……あちらにいたら、あたくし広いお屋敷で一人寂しく年を越すことになるのよ?」

「え、年越しまでいらっしゃるおつもりなんですか!?」

「もちろん。それに、まさか皓月……この母が、毎夜一人の時間に堪え兼ねて、寝台で泣き腫らしても良いというの……?」

「うっ」

「……そんなこと、言わないわよね……？」

「……………はい、母上………」

皓月ががっくりうな垂れながら、許可を出す。家主が許可を出した以上、その妻である優蘭が拒否する理由はこれっぽっちもなかった。つまり、璃美の圧勝である。

優蘭は、一連の流れるようなやり取りを見て確信した。

皓月のあの押しの強さ、完全にお義母様似だわ……。

柔らかいので完全に気を抜いてしまうのだが、気づいたら押し切られている。そのやり口を、皓月以外で見ることになろうとは。

血は争えないものね……。

そんなことを他人事のように思いながら、優蘭はさらに追加された問題を前にそっと目を逸らしたのだった。

＊

翌日。

刻一刻と迫る現実から目を背けつつ、各所——四夫人や女官長たち、また仲良くしてもらっている皇帝派宦官の長——に渡す文を用意した優蘭は、さてこれをどう渡したものかと首をひねっていた。

下手に知り合いを呼んで文を渡すと、周りから疑われるのよね……かといって知らない他人を使って渡すのも、かなり危険性が高い気がするし……。

はてさて、困った。疑われていると本当に動きづらい。しかしこれを渡しておかねば、体面的にもこれからの一手を打つときもかなり不利になることは明白だった。なのでどうにかして渡さなければならないのだが。

「うーん……誰に渡すのが、一番角が立たないかしら……」

そう思わず唸っていると、梅香が部屋にやってくる。彼女は文箱の中に大量の文を入れて抱えていた。

「え、何それ」

「各所からの厳しいご意見を綴った文ですよ。内容としましては、『後宮妃の管理人は、一体何をしているの？』といった類のお怒りを表明した文になります」

「わあ……こんなに……」

「内侍省長官からも、嬉々として届いておりますよ。こちらで、全ての文に一度目を通しましょうか？」

「……いいわ。その仕事は私がやるから、梅香は作業に戻って。そして……出来る限り、今梅香が持っている伝は、減らさないように。私の悪口でもなんでも言っちゃいなさいな」

「…………嫌いでもない上官の悪口を言うなど、いやです」

たっぷりと間を空けて、梅香は否と断言した。しかめっ面で首を横に振る梅香に言い聞かせるように、優蘭は彼女の名前を呼ぶ。

「……梅香」

「大丈夫です、長官」

しかしそれを聞きたくないとでも言うように、梅香は言葉をかぶせてきた。

そして、胸に手を当てて力説する。

「わたしが持つ最大の繫がりは、あの方です。そしてあの方は、そのような情報よりも事実を好まれます。そしてそのためには、嘘の情報をわたし自身が流すことは得策ではないかと」

「梅香、」

「それに……あの方ご自身にとってもご生家のことに関しても、わたしとの繫がりは断ち切りがたいものであるはずですので」

相手の名前をきっちりと隠しつつもはっきりと、梅香が告げた。その自信に満ち溢れた言葉に、優蘭の胸がどくりと脈打つ。

少し前まで、自身の行動が周囲にどのような影響を与えるものなのか理解できていなかったのに。それがこうまで変わるとは。

『あの方』が誰を指すかなど、この場では明白。——徳妃・郭静華。優蘭とことあるごとに衝突する全く相性の合わない妃の一人だが、身分や後宮内における立場においては、保守派の最高権力を誇る女性である。保守派内において、彼女の耳に入らない言葉はないとさえ言われていた。

確かに徳妃様との繋がりは、珀優蘭にとっても珀長官としての私にとっても、喉から手が出るほど欲しいものだわ。

特に今回は、誰が敵で誰が味方なのか皆目見当もつかない。その中で欲しいのは特に、敵対派閥の情報だ。優蘭が珀家という革新派の妻である限り、敵対派閥である保守派の情報はどうしても少なくなる。

そして梅香は、それは静華自身も同じだと言っているのだ。健美省という存在は、静華たちの利益になると踏んでいる。だから、自分が絶対に切られることはないだろうと言うのだ。

優蘭は、溜息を漏らしてこめかみを揉み解した。

「……梅香。あなた、強かになったわね……」

この齢十七の少女が、むしろ自分の存在そのものを利用してやろうなどという、大胆不敵な気概を見せてくれるなど思ってもみなかった。やられたな、と思い優蘭が思わず頭を抱えていると、梅香はどことなく誇らしげに胸を張る。

「お言葉ですが長官。そういう手練手管をわたしにご指導ご鞭撻してくださったのは、長官ご自身ですよ」

「いや、そんな知識教えた記憶は一度もないんだけれど……」

「見ていれば覚えます。部下は、上司の背中を見て育つものですから」

「……上司として教育方針を間違ったかしら……」

「ご安心を。この教育は父からのものです。父はいつも目で見て盗め、と言っておりましたので」

ああ言えばこう言う、というのはこういう状況のことを指すのだろうとふと思ってしまった。よくもまぁ、ここまで口が回るようになったものだ。優蘭は違った意味で感心してしまう。

しかしそれが、心底頼もしいのも事実だ。優蘭は噴き出しそうになった口元を片手で隠しながら、やれやれというように頷いた。

「分かったわ。その辺りは任せます。……宦官たちへの采配も、今回は梅香に一任しようかしら」

「よろしいのですか？」

「ええ。こう言ってはなんだけれど……今回、私自身が過度に動くのは、得策じゃないと思うのよ」

「え？　ですが、疑われているのは麗月では？」

「……麗月の素性が明らかでない以上、それを裏で支援しているであろう存在……珀家の妻は、黒幕と同義の存在でしょう？　というより、今まで目立った悪事を働いていない珀家自体を疑うより、突如として現れた嫁のほうに疑いを向けるのは道理よ」

「……それは確かに」

「でしょう？」

後宮の内情を少し調べてみたが、後宮内で『珀家』を疑っているのは保守派の一部で、それ以外は「そんなまさか」といった反応を見せていた。

その一方で、『優蘭自身』が珀家に取り入り縁を結んだ上で、その権力を利用して現政権を脅かそうとしている」と考えている人間のほうは、派閥問わず一定数いるといった具合だ。この辺りは、噂そのものと違った流れになっているあたり、犯人の思い通りにはいっていない気がする。

ただ、私が身動き取れない状況になったのは、嬉しい誤算なんでしょうね……。

現在、優蘭の後宮内における行動は、後宮にいる女性たち全てに監視されていると言っても過言ではない。疑われているというのはそういうことだ。

そしてそれは、今回の騒ぎを起こした犯人にとってはとても都合の良いことだろう。自分たちの手下を出さずに、優蘭を封殺できるのだから。

というより、どっちに流れてもいいように手のひらの上で転がされている感があるわね……。

つまり今回の相手は、それ相応の用意をした上で本気でこちらを潰そうとしてきているのだろう。そしてその相手は、かなりの大物だと見ている。手口が鮮やかすぎるからだ。

ほんっと、クソみたいな環境よね……。

優蘭は思わずため息を漏らした。

「多分、今日が。私が動ける唯一の機会だと思う」

「……それは、長官があまり動かれると、現在付き合いがある妃様方も周囲から疑われることになるから、ですか？」

「それもあるし、妃様方を巻き込まないためでもあるわ。でも、妃様方との交流を断つのは正直言って得策ではないと思うの。だから……この文は、そのための『お願い』が書いてあるものなのよ」

ふんふんと、梅香が真剣な眼差しをして頷く。優蘭はそんな彼女に文を渡しつつ、にっこりと笑った。

「うん。だから梅香。その苦情書のお返しとして、この文を渡してもらってもいいかしら。梅香にしか頼めない、重要な仕事だから」

「……分かりました！　そのお役目、心してお受けいたします！」

優蘭が差し出した文を搔っ攫い、元気良く執務室を後にする梅香に笑ってしまう。何より面白いのは、ペコリと頭を下げてから静かに扉を開閉して退室したところだ。どこまでいっても礼儀正しい少女である。

優蘭がひとしきり笑った後、元の仕事に戻ろうと山のような苦情書の一つに手を伸ばしたときだ。

控えめに、扉が叩かれた。

優蘭が思わず顔を上げると、『失礼いたします。入室してもよろしいでしょうか？』と声がかけられる。聞き覚えのある声に、優蘭は瞬いた。

何故、彼女がここに。

しかし優蘭としては、願ってもない人の登場だ。この機会を逃すという手はない。そのためすぐさま許可を出した。

「どうぞ！」

「……失礼いたします」

声は二つ。するすると入室する。

開く音すら立てず、衣擦れの音すら響かせず。まるで元々そこにいたかのように、彼女はそこに佇む。その様はどことなく浮世離れしていて、まるで天女のようだった。

　彼女は美しい黒髪を緩くまとめ、どことなく眠そうな垂れた黒目をしている。着ている襦裙は橙色、内食司の色だ。しかし以前皓月が着ていたものよりも色が濃く、装飾品も多くなっている。それが女官長の証ということは、後宮にいる人間なら誰もが知っていた。

内食司女官長・宝可馨。

　事実上、珀家侍女頭の宝湘雲の妹であり。優蘭が後宮に入った頃から協力してくれている、頼もしい女性だ。

　同時にもう一人入ってきたのは、優蘭とはすっかり馴染みになっている内儀司女官長・姜桂英だ。

　浮世離れした雰囲気を醸し出す美女と、芯の通った凛然とした美女。

　その二人が一堂に会するのはなかなか迫力がある。優蘭は思わず少しだけ背を逸らしてしまった。

　一方の可馨はぼんやりとした目をしながら優蘭を見つめると、こてんと首を傾げる。

「優蘭様。少々よろしいでしょうか？」

「は、はいもちろん」

「ありがとうございます。でしたらお言葉に甘えまして……」

　自分自身の速度で会話を進めつつ、可馨は目をしぱしぱ。眠気を覚まさせるかのように瞬く。

「優蘭様」

「はい」

「大事なお話があります」

「な、なんでしょう……？」

ごくり。あまりにも真剣な表情に、優蘭は緊張しつつも待ち構える。

そんな優蘭をじいっと見つめていた可馨は、たっぷり間を空けてから口を開いた。

「新作を作ったんです。味見してくださいませんか？」

「…………なんて？」

唐突に素っ頓狂なことを言い始めた天然美女に、優蘭は一人恐れ慄き。同席していた桂英は、溜息をこぼしたのだった——

間章一　夫、恐れる

璃美がやってきた、翌日の早朝。未だ日が昇らぬ程度の時間に、皓月は宮廷にやってきていた。

いつも通り、そういつも通りの定例報告だ。ただ何故この時間なのかと言うと、この時間しか空きがなかったからだ。

最近は特に、朝の時間を縫って右丞相としての仕事をこなすことが増えてきた。麗月として、後宮にいなければならない事情ができてしまったからだ。

そうなれば自ずと、皓月が不在の時間も増える。それが自分の首をギリギリ締め付けていることは、少し前から理解していた。

優蘭も璃美も言っていたが、そろそろ限界も近いのだろうな、と思う。この二重生活の限界だ。今まではさして皆が『蕭麗月』を気にしていなかったからこそ、なんとかなっていた。

しかし今は違う。後宮内のほぼ全ての人間が、『蕭麗月』に注目していた。

となれば今、後宮に麗月がいないわけにはいかない。そうすれば自ずと、皓月としての仕事が滞る。それは周囲の不信感を煽ることに繋がり、皓月の立場もだが麗月の立場も危うくなるだろう。

堂々巡りだ。だが。

このような形になったことは大変不本意だったが、しかし。これは、皓月が望んでいた展開でもあった。

宦官長が密かに暗躍しているという証拠を暴く。

それが、皓月が『蕭麗月』として後宮勤めをしていた理由の一つだったから。

「皓月。余の花園は、なかなか面白いことになっているようだな？　特に面白いのは、余の父に隠し子がいたという話だ。なかなか面白おかしい冗談だなぁ、誰が考えたのやら……」

顔を合わせて早々、劉亮はそう言った。どことなく眠そうだが、それ以上に愉しそうだ。同時に、ひどく不愉快そうでもある。それはそうだろう。最近ようやく整い始めた自分の大切な花園が、再び荒らされているのだ。

しかも自分が放った一手が、他人に利用されこちらの害になろうとしている。それを許容できるかと言われたら、許容できないのが劉亮という人間だった。

そんな主人の思考を読み取りながらも、皓月は深々と起拝の礼を取りながら端的に報告をする。

「毒殺未遂事件のほうは、優蘭を含めた健美省全員で対処することになりました。公主疑惑のほうは、わたしの方で処理いたします」

「……ほう。して、策は？」

皓月は一瞬、大きく顔を歪めた。

「……珀家の裏事情まで包み隠さず知っていらっしゃる主上ならば、もう分かっておいででしょう。それなのに策を聞くなど、本当に意地の悪い方ですね」

「今日はいつにも増して辛辣だなぁ。なぁに、これくらい、普段のそなたとやっておることとはあまり変わらんだろう」

今までの当て付けと言わんばかりの態度で、そう言われた。その子供っぽい対応に皓月はため息を漏らす。しかし事情説明は必要なので、渋々口を開いた。

「……昨日、母が彼女を連れて陵苑にやって参りました。今回だけ……今回だけ。藕麗か、いえ月本人に手伝っていただこうかと思っています。公主疑惑を払拭するのに一番楽な方法は、『疑惑の渦中にいる人物が素肌を見せること』ですので……」

「なるほどな。確かにそうだ」

これは一部の人間にしか知られていないことだが、皇族には皇族の証というものが存在する。

それは——体のどこかに、皇族の紋章たる焼き印が刻まれていることだ。

真ん中に牡丹、その牡丹を縁取るように皇帝の証である龍と皇后の証である鳳凰が向かい合うように描かれ、武力の証である剣と文力の証である筆が牡丹の下で交差している。それが、皇族の紋章だ。

後宮で生まれ落ちた皇族には、これが必ず付けられる。一切の例外なく、だ。むしろこの焼き印が押されなければ、たとえ本当に皇族の血を継いでいたとしても皇族として扱われないと決められていた。

このような方法を取るようになったのは、過去数百年の歴史で後継者争いによる醜い死闘が幾度となく行なわれたことがあったからだ。それ以降、皇族には焼き印が刻まれるようになったと言われている。

つまり、『焼き印が体に刻まれていないことそのもの』が、皇族でないことの証明になるのである。

そして、その証明に女官長たちを使えばいい。女官長たちは派閥が固まっておらず誰に贔屓するわけでもないし、後宮の人間たちも彼女たちの言葉なら信用してくれるからだ。最後に証明書に血判でも押させれば完璧だろう。それが、皓月が考えた「蕭麗月の公主疑惑を払拭するための手段」である。

優蘭には作戦内容を既に話してあった。――誰を『蕭麗月』の代わりに使うかは、教えなかったが。

だからこそ皓月は、一時のみ『女官の蕭麗月』となってもらうための人材を欲した。それも、確実に成功させることができる、信用に足る人物を、だ。

自身の考えが正しいのか判断できず幾度となく考え眠れない夜を過ごしたが、『蕭麗月になるにふさわしい人物』は彼女しかいないという結論に達した。そして今回、この限りのみ、手伝ってもらうことにしたのだ。

まさか、その供として璃美が同行しているとは思わなかったが。

昨日唐突に現れた自身の母を思い出すと、頭が痛くなってくる。そして、帰り際に湘雲経由で預かった言伝が脳裏をよぎった。

『皓月。このままだとあなた、大切なものを失うわよ。早く、自分の何がいけないのか気づきなさい。――手遅れになる、前に』

そう言っていたと、湘雲は言った。湘雲は璃美の元専属侍女なので、気心の知れた仲だ。言葉を違えたりすることはないだろう。なのでその言葉を疑ったりはしない。

だからこそ。

だからこそ、どういう意味なのだろう、と思わざるを得なかった。

何が手遅れになる前に、なんでしょうね。

そんなふうにぼんやりと思っていたら、先ほどの言葉を噛み締めていた劉亮はくくく、と笑った。

「確かに、この方法を取るためには『アレ』を使わねば無理だな。衣と化粧で隠していても、皓月は男だからなぁ……」

「……少し残念そうな雰囲気を出すの、やめていただいてよろしいでしょうか」

「わざとだわざと」

「なおのこと悪いですよ……」

皓月は再度重たいため息を吐きながらも、同時に胸の奥でチクリとしたものが広がっていくのを感じた。

そう。皓月が男だったから、今回『彼女』の手を借りることになったのだ。流石に、裸体を晒すわけにはいかなかったから。

だけれど。

そう、皓月は思う。

本来ならば都へなどくる予定がなかった彼女を、このような形で表舞台に引きずり出してしまって良かったのだろうか。

それも、自分の失態のせいで——その名前すら、穢してしまったのに。

ぽたりぽたりと、胸の内側に墨が広がり溶けていくような、そんな心地がする。それを無視して、皓月は口を開いた。

「『麗月』がいれば、公主疑惑は早々に払拭できます。……彼女には、見せてもやましいものなど、何一つありませんから」

ただ、それで全てが終わるなどとは考えていないのですが。

むしろその後にくるであろう今回の犯人の反撃を、皓月は期待している。

そう思いつつも努めて冷静を装い言葉を選んだつもりだったが、劉亮には全てお見通しだった。にやりと笑い、皓月をからかうように肩をすくめる。まるで新しい玩具(おもちゃ)を見つけた子どものような顔だった。

「そうさなぁ。皓月が失態を犯すなど、珍しい。今回はあちらが一枚上手だったようだな？」

「ええ、まぁ、はい。お恥ずかしい限りです」

「……そう不満そうな顔をするな。確かに予想外の介入だったが、『蕭麗月』が後宮入りした一番の目的は『範浩然(はんこうねん)の動きを探ること』だろう？　なら、今はまたとない絶好の機会ではないか」

「確かにおっしゃる通りですが……」

自分にも被害が及びそうなのに、相変わらず随分とゆったり構えていることだ。まあ劉亮がこんなふうに悠長なのは、皓月への信頼の表れでもある。悪い気はしない。だから言葉を濁した。

そう。皓月が後宮入りをした理由は、二つある。

一つ目は、後宮が安定するまで優蘭の補佐をすること。そして二つ目は、後宮内に蔓延る不穏因子——宦官長・範浩然を排除する予定だった。皓月はそのために後宮内に潜入し、各所に配置した珀家の間諜を使って情報収集をしていたのだから。

しかし浩然が介入したという決定的な証拠が見つけ出せないまま、半年と少しが経ってしまった。そうしてだんだんと皓月の中に焦りが募っていく中、むしろ向こうから仕掛けられてしまったのだ。しかも、『蕭麗月』という穴を使って、珀家そのものを陥れるような形での一手を。望んでいた展開とは言え、さすがにこちらへの傷が深すぎたのは事実だった。

完敗だ。流石、悪事を考えさせたら右に出る者はいないと言われている策略家ということだけはある。人の嫌がる部分を的確に見抜き、そこを支点として珀家にまで害を及ぼそうとするその手腕には、正直脱帽した。

その点が、劉亮が浩然を宦官長の座から引きずり下ろそうと画策してもできなかった点であり、浩然の一番厄介な点でもある。

皓月はぐっと、喉を詰まらせた。

……このようなことをきっかけに、『蕭麗月』を表舞台になど出したくなかった。

今回の件は、本来なら皓月が解決しておくべきことだった。『彼女』が介入してまで払拭させるべきことではなかった。それが、悔しくて苦しくてたまらない。

苦虫を嚙み潰したような心地で押し黙っていると、劉亮がため息をつく。

「その顔、どうせ自分の不手際のせいで、『蕭麗月』の名に傷がついたことを悔やんでいるのであろう？」

「……もちろん、それもあります。それと同時に、彼女を介入させる事態にまで発展させてしまった自分に怒りを感じてもおります」

「今回の件は、かなり作為的に行なわれたものだ。そなた一人動いたところで変わらなかったことくらい、流れを見ていれば分かるだろう。いちいち気に病むようなことでもあるまい」

「……はい」

「なら、そんな渋い顔をするのはよせ。手を借りることを決めたのはそなた、手を貸すことを決めたのは『彼女』だ。いくらそなたの父親が頼み込んだからといって、拒否権くらいあろう。それ以外の何が、そなたたちにあるという」

「……はい。申し訳ございません主上」

「まったく……そんなにも罪悪感を抱くというのであれば、そもそも助けを求めなければ良かったであろうに……」

劉亮が呆れるのも、致し方ないことだと思う。実際、普段の皓月ならば『彼女』に助けを求めるようなことはしなかった。文でやり取りこそしているが、助けを乞えるような間柄にないからだ。

それでも助けを求めると決めたのは、優蘭の存在があったから。優蘭と協力者の彼女。その二人を天秤に乗せ、優蘭のほうが大切だったからこそ自分の胸がいくら痛くても、その方法に頼ることにした。

それくらい、優蘭のことが大切だった。

しかし母親である璃美が言うように、皓月にはもったいないくらい良い妻であることも事実だった。

そんな彼女を守るためには、今自分が持っている地位を捨てる覚悟でこの戦いに臨まなければならないと思う。

そう。今ある地位を、捨ててでも。

息が苦しいような、呼吸の仕方を忘れてしまったかのような、そんな気持ちになる。

今自分は、陸の上を歩いているのだろうか。もしかしたら、溺れているのではないか。

足元がおぼつかなくて、何もかもが苦しくて仕方なくて。でも守りたいから、皓月は一つの選択をこの場で定めた。

「主上。もしかしたらわたしは――あなた様のおそばにいられないかもしれません」

笑みとともにそう言えば、劉亮は目を瞬かせた。珍しく、驚いているような顔をしている。否、事実驚いているのだろう。不意を衝かれたような、そんな顔をしていたから。

「……それは、どういった意味での言葉だ？」

「どうもこうも……そのままの意味です」

「……余よりも、妻のほうを優先するという意味か？」

「はい。もしものときは、そのような形を取らせていただくかと存じます」

至極真面目な顔をして言ったつもりだった。

なのに劉亮は、目を丸くしたままぶはっと噴き出す。皓月は思わず目を点にした。

「……主上。わたし、何かおかしなことを言いましたか」

「い、いや、そんなことは……っ。……言うてないから、そのような冷めた目をして余を見てくるな」

そう言いながらも、劉亮は未だに笑いが止まらない様子だった。口元に手を当て、くくく、と肩を震わせているのが何よりの証拠だ。

何故そのような顔をされなければならないのか分からず、皓月は内心むっとする。

「何がそんなにもおかしいのでしょう。わたしは本気で言っているのですが」

「いやいや、それは分かっておる。いや、それが分かっているからこそ、笑ってしまったのだ」

「……はい？」

「何。そなたは昔から、本当に何も変わらないのだなと実感してな」

妻ができてから、少しばかり緩和したと思っていたのだがなぁ。

そう一人ごちる劉亮は、しかし本音を言わないつもりなようだった。

何故言ってくれないのだろう、と困惑していると「余が言うても、そなた理解しないだろう。労力の無駄だ」と言われる。

「なんせそなた、宝箱の中に入れて良い宝物は一つだと思おておるだろう？」

「はい？」

劉亮は一体、何を言っているのだろう。そう、皓月は思う。

そんな、当然のことを言われても。

困る。とても困るのだ。だから思わず眉をひそめてしまった。

皓月の心境を知ってか知らずか分からないが、劉亮は自身の歩調を崩すことなく腕置きに肘を乗せた。そして手に顎を乗せ、だらりと脱力する。

「それに、どうせその辺り、そなたの妻がなんとかするだろう」

「……はい？　優蘭が、ですか？」

「ああ。余の予想だがな。まあ何、とりあえず、好きにすると良い。そなたの人生なのだからな。むしろ、余より妻の方を取るとは思わなんだ。前よりも男らしくなったのではないか、皓月？」

それだけ言い、劉亮の中ではその話は終わってしまったようだ。次いで肩をすくめて

「仕事の合間合間でなんだかんだと文句をおっしゃって宦官たちを困らせ、仮眠を入れている方にそのようなことを言われましても」

欠伸を嚙み殺す。

「それにしても、そなたに合わせて起床すると朝が早いなぁ。さすがに眠い」

「相変わらず、そういうところだけは辛辣だなそなた……」

「わたしがいなくとも、宦官たちを困らせることなくしっかりと職務を全うしていただけるのであれば、わたしからの小言はこれ以上増えませんよ？」

「…………考えておく」

長考の末絞り出すように吐き出された言葉に、皓月は呆れ返った。

まったく。昔から変わらないというのであれば、この方も同じですよね。

自分も、人のことが言えないくらい昔から変わらない。以前と比べれば確かに丸くはなったが、他人を困らせるのが好きな点も変わらないし、場を引っ掻き回すのが好きなのも、他人の嫌がる顔を見て愉しくなる点も何もかも同じだ。

皓月が昔から変わらないというのであれば、お互い様というわけだ。

というより、人というのはそうそう大きく変えられはしないものなのかもしれないと、皓月は思う。

特に根幹にある部分というのは、どうにもこうにも変えられない。というよりそこを変えてしまうと、その人個人を形成していた「その人らしさ」そのものが壊れるのではないだろうか。

つまり皓月が無自覚のうちに変えられない部分も。

劉亮の奔放さが治らないのも。

ある意味、致し方のないことなのかもしれない。

なんて思いながら、皓月はもう一言二言小言を言ってから自身の仕事に移るべく劉亮の部屋を後にする。

ほう。

吐息すれば、冬の凍てつく空にもやのような息が溶けていった。

＊

ぱたん。

音を立てて扉が閉まったことを確認した劉亮は、大きくため息を吐いた。

「いやはや。『蕭麗月』の件で問題が浮上したから、何か起こっているのだろうなとは思っていたが……予想は見事的中したなぁ」

ぽりぽりと頭を掻き、再びため息を漏らす。

こう言ってはなんだが、今回の敵は本当に見事だと思う。皓月としても劉亮としても、一番突いて欲しくない部分を的確に突き刺してきたのだ。

特に皓月に関しては、この手の話題になるとどうにも調子が悪くなる。彼らの過去を知っている劉亮からしてみたらある意味当然のことなのだが、それでも敵方が憎たらしいことには変わりなかった。

もしこれを狙ってやっているのであれば、頭がおかしいとしか言いようがないな。

そんなことを思いながらも、再度ため息。

「珀優蘭に関しては信用しているから、何かあれば対処してくれると信じているが……余のほうでも、打つべき手は打っておかねばならないだろうなあ」

そう一人ごちると、劉亮は面倒くさがりながらも木簡を三枚出す。そしてさらさらと、手早くそこに書きつけた。

それを信頼している宦官たちに渡し、受取人本人にきっちり届けるよう指示を出す。相手は三名。

『郭慶木（かくけいぼく）』

『江空泉（こうくうせん）』

『呉水景（ごすいけい）』

それぞれの名前を耳打ちされた彼らは頷（うなず）き礼をすると、主人の言いつけ通りの行動を開始した。

彼らの背中を見送った劉亮は、大きくため息を吐いてから頬杖を突く。

「大事なものを全て守りたいのであれば、先に繋がる一手を考え、やれるだけのことはやらねばなるまい。……たとえ、傲慢と罵られそしりを受けようとな」

その言葉は、誰に向けてのものだったのか。

しかし聞く相手など一人もいない部屋に、それを拾ってくれる者はなく。

ぱちぱちと、火鉢の炭が燃える音だけが、しっとりと部屋に響いていた――

第三章　妻、苦悩する

明貴毒殺未遂事件をきっかけに、毒殺未遂事件が後宮内で起こるようになってから早一週間と四日が経った。

宦官たちや女官たちによる巡回警備が強化された甲斐もあってか、ここ数日は特に何もなく穏やかだ。しかし後宮内の空気は決して穏やかとは言い難く、ひりつくような独特な雰囲気が広がっていた。

それもそうだ。次、自分が毒殺されるとも限らないのだ。妃たちは怯え、また毒味役の侍女たちは震え上がっている。食事が喉を通らないという女性たちも増えてきたようだ。冬ということもあるがそれでも、部屋に引きこもって過ごす後宮妃たちも増えた。

後宮は今、優蘭が後宮入りを果たす前に近い、殺伐とした状況に置かれていた。

そんな中でも、人というのは現金なもので何をしなくてもお腹は空く。動き回っていればなおのこと、体は正直なもので空腹を訴え始める。それは優蘭とて同じだ。

だから彼女は今日も一人、執務室で昼餉を取っていた。

「はーーーー。つっかれた……」

積み上がった仕事を午前中に片付けた優蘭は、大きくため息をこぼしながら俯いた。

とりあえずこの三日間は、部下たちに後宮内の調査を進めさせている。特に重点的に見ているのは、被害に遭い実家に帰された女官たちの情報だ。申し訳ないとは思うものの、一度自分の目でも確認したいと思い、被害者の実家に赴こうと考えている。

しかしそうなると、外出時間を捻出しなければならないわけで。

その上、自由に外に出られるのは優蘭だけだ。五彩宦官も宦官であるのである程度は動けるが、優蘭ほど自由度がない彼らは、いちいち許可を得なければ外出できない。それはとても面倒臭い。なので空き時間を作るために、優蘭はこうして凄まじい速度で数日分の仕事を進めているわけなのだが。

さすがにしんどいわ……。

時間をこうでもしないと捻出できないのだから、もう少し人員が欲しいところだ。

はあ、と再度ため息を漏らしながら、優蘭は昼餉に手をつけることにした。

今日の昼餉は、生姜入り粥、海老と蓮根の甘辛炒め、春菊の胡麻和えだ。彩りもそうだが、何より味がいい。さすが内食司、食事に関しては手を抜かないなとぼんやり思う。

生姜は体を温める効果があるので冬にはぴったりだし、海老にも体を温めて疲労回復を図る効果がある。蓮根は冬になると喉の渇きを潤すのに効果的だ。そして春菊には、不眠や苛々した気持ちを抑える効果があった。今後宮にいる女性たちに必要な要素が、これでもかと詰め込まれている。その配慮に気づく人が、一体どれだけいるのだろうか。

そんなことを思いながら最後の最後までしっかり昼餉を堪能した優蘭は、いつも通り食器を載せたお盆を外に出してから執務室の鍵を閉めて外出することにした。

向かう先は、書庫。

後宮最大の娯楽施設であり、情報の宝庫だ。


後宮書庫――通称、玉紫庫。

元々は小さな書庫だった場所を潰し、丸々書物のみを取り扱う屋敷が建てられたのは、明貴が後宮入りを果たすことがきっかけだったらしい。なので昔からの名残で書庫と銘打っているものの、その広さは書庫で収まりきらないほどだった。

書庫長たる宦官に許可を取れば外に持ち出すこともできるし、後宮にいる人間ならば誰もが読むことができる。この書庫に触れることを目的に女官になりたがる人間もいるらしい。識字率が決して高くない黎暉大国において、書物はとても貴重だからだ。

また、静華による授業も定期的に開催されているのも玉紫庫の一角だ。書庫の横に空き部屋があり、そこを改装する形で教室を作った。なので椅子と机があり、授業がないときはそこで書物を紐解く人間もいる。使用中は火鉢も使えるため、女官部屋より暖かくて過ごしやすいということもあり、女官たちの冬の駄弁り場所にもなっていた。

そのため、普段ならば人もちらほらいるのだが。

昼餉後すぐだったからか、はたまた毒殺未遂騒動のせいか。今日は普段と比べて一際、人がいなかった。冬の寒々しさを一層引き立てていて、背筋から寒気がこみ上げてくる。

ふとそのうちの一部屋をのぞき込んでみたら、ぽつんと少女が一人だけいる。髪を二つに結い、三つ編みにした状態のものをお団子にした可愛らしい髪形をしていた。

彼女は白い息をほうっと吐きながら、一心不乱に書物を紐解いている。それも、火鉢を使わずに、だ。

なんでこんな寒い日に……！

寒い中、一体どれくらいここにいたのだろうか。白い頬も指先も赤くなっている。このままだと、凍傷になってしまう可能性もあった。外ならいざ知らず、この後宮内でそんなこと優蘭が許さない。

せめて火鉢でも点けてあげよう、と優蘭は思わず中に足を踏み入れた。道具は一通りそろっているので、特に用意するものはない。手慣れた手つきで火鉢を引き寄せ、ぱぱっと火を熾こす。そしてそれを少女が熱くない程度に離した足元に置いた。

満足げに額の汗を拭っていると、今まで集中して書物を読んでいた少女がこちらを目を丸くして見ている。黒真珠のように真っ黒な、まあるい瞳だった。

「あ」

「あ、え」

お互いに、目がばっちり合ってしまった。

そこで初めて気づく。

この子……陶丁那（とうていな）だわ。

今にも雪のように溶けてしまいそうなほどの儚（はかな）さを持つ少女のことは、優蘭も秀女選抜時に目をつけていた。まだ十四歳と幼いが、数年すればとても美しい少女になって皇帝のことを惑わしそうだなと思ったものだ。

同時に文字を読むことができるのだな、と分析する。庶民、それも農民の娘が文字を読み書きできるなどかなり稀（まれ）だ。誰かに教えてもらったのだろうか。もしそうなら、なおのこと将来有望である。

そんな、色々な意味で将来有望な子が、どうして毒味役を志願したのかしら……。

毒味役ははっきり言って、誰も進んで志願したがらない。理由は明白、死んでしまう可能性が高いからだ。誰だって死にたくないし、もし死ぬのだとしても苦しんで死にたくはない。

何故（なぜ）、何故。

そんな気持ちが表情に出ていたのだろうか。丁那は優蘭の顔をまじまじと見つめた後、首を傾（かし）げた。

「あたしの顔に、何かついていますか？」

「え……いいえ。特に、何も」

「ですが、何か聞きたそうな顔をしていました」

よく見ているな、と思う。年齢のわりに観察眼が鋭い。優蘭は少し悩んでから、口を開いた。

「どうして、火鉢を点けないで書物を読んでいたの？」

「どうして、ですか？」

「ええ。誰でも使っていいようになっているから、不思議で」

丁那は少しだけ考えるような仕草をしてから、緩慢な動きで口を開く。

「だって、あたしなんかが使ったらもったいないから……」

「……もったいない？」

「はい」

こくん、と。ごくごく当たり前といった顔で頷く丁那。その瞳には何も映っていない。

その様子に、優蘭はああ、となんとなく思う。

これは。

この表情は。

何度も、優蘭が見てきた顔だ。

その心情が表に出ないよう細心の注意を払いながら、優蘭はその横に軽く腰かけて肩をすくめた。

「それで、あなたが凍傷になってしまうことのほうがいけないわ。ほら、手が赤くなってる。凍傷を甘く見ていてはだめ、最悪、指を切断しなくてはならなくなる」

「……でも、これくらいなら……」

「だめよ。ここは後宮なの」

優蘭はふるふると、少し大袈裟なくらい大きな動作で首を横に振った。彼女にも、やってはいけないことがちゃんと伝わるように。

その言葉が意外なようで、丁那は目を瞬かせる。

「後宮だから、どうしたのですか？」

「簡単。後宮にいる女性は、全て皇帝陛下が愛するために咲く花なの。この火鉢も、陛下が女性たちが凍えることがないようにって支給してくださっているものの一つなのよ」

「そうなんですか。……もったいない使い方ですね」

「そうね。でも、愛でるというのはそういうことだから。――最後まで、相手に対して責任を持つということだから」

「……責任、ですか？」

「そう。責任。花が綺麗に咲いていて欲しいなら、枯れないように世話をするでしょう？

そして次も咲くようにずっと手入れをする。そのために庭師……専門の人間を雇うのがね、普通なの。それとおんなじ。そして、その責任を全うするために私がいるの。私は、後宮の女性全ての味方だから」

「……周りのみんなが敵になってしまったとしても、ですか？」

優蘭は思わず笑ってしまった。

若いけれど、とっても賢いわねえ……。

丁那は、優蘭が今どのように後宮内で思われているのか、どのように扱われているのか。全て知った上で優蘭と会話をし、このような疑問を投げかけているのだ。

後宮内にいる全ての女性たちに、見張られているような心地がする。

そんな視線を楽しみながらも、優蘭は笑みを一切崩すことなく頷いた。

「もちろん。それが、私がここに存在する理由で、私自身が選んだ方針だから」

正直言って、こんなのただの見栄で虚勢だ。本当はとても怖い。今まで築いてきたものを否定されるのも、今まで信じてきた人たちに裏切られるのも、怖くて仕方がない。これは、優蘭が人である限り変えられない。

でも。だからと言って。

優蘭が、信念を貫かない理由にはならない。

だから、言うのだ。めいっぱいの見栄と虚勢を貼り付けて、声高らかに自信をもって。

「だから、後宮妃の管理人としてあなたに伝えます。今後ここで読書をするときは、是非とも火鉢を使ってね。……じゃないと、私が怒られてしまうから」

少しだけ笑みを浮かべて言えば、丁那は未だに分かっていない顔をしつつも空気を読んでか頷いた。その瞳は真っ黒で、なんの光も見えない。

そのことに気付き、優蘭は少しだけ残念に思った。当たり前だが、優蘭程度の発言で丁那の心が揺れるわけもなかったのだが、それでもわずかに期待したのだ。丁那の心に、優蘭の言葉が届くことを。

同時に納得する。

ああ、この子は。

ただの一度たりとも、他人に期待したり、他人を心の底から信用しようと思ったことがないのね。

たったこれだけのやり取りだが、丁那の心の闇の深さがよく分かった。一体どんな生活をしたら、こんな光のない目をすることになるのだろうか。感情を全く感じさせられない声を、表情をするようになるのだろうか。しかもこの年齢でこれなのだから、『陶丁那』という少女の人生の壮絶さに苦々しい思いがこみ上げる。

しかし、他人でしかない優蘭にできることはこれくらいだ。さすがにそれより先に足を踏み入れるのであれば、それ相応の覚悟をしなくてはならない。彼女の親や師になるなり、彼女を育てる覚悟だ。

　今の私には、できないわ。

　そんな歯がゆさを感じながら、優蘭は立ち上がり手を振る。

「それじゃあ」

「はい」

　なんてことはないようにそう言うと、丁那は再び視線を書物に落とす。優蘭などもともとそこにいなかったかのように自然に、読書に戻っていった。

　そんな姿を一瞥し、休憩所から出ながら思う。

　彼女が読んでいた書物……あれって確か、最近後宮内で流行っている宮廷の恋愛模様を描いた物語よね。

　どういう理由でそれを読もうと思ったのか分からないが、後宮にいる間は平和に、心安らかに過ごしてほしいわ。

　そしてそのためにも、優蘭が後宮の平和を守らなければ。

　改めてそう決心し、優蘭は今度こそ、と書庫へ向かったのだ。

　書庫に足を踏み入れた優蘭は、勝手知ったる我が家と言わんばかりに中へ入りすたすたと歩いた。書庫長の宦官も、ことあるごとに書庫へ入り浸る優蘭になど気にも留めない。

むしろ、「あ、今日もこいつきたんだな」という顔をして一瞥し、再度手元の書物を読み始めた。

時折、宦官長にも皇帝派宦官にも属さない変わり者の宦官がいるが、書庫長の宦官もそれである。「自分は書物を紐解きたいだけ」とのたまい、中立派を決め込んでいた。

書庫内は万が一でも燃え移ったらいけないと、火鉢や蠟燭の使用が禁止されている。なのでそこそこ冷えて寒い。その中でも衣を着込み膨れた雀のように書物を読み続けるその根性は、本狂いといって然るべき行いだった。

宦官もそれぞれだな、と思いつつ優蘭はするすると棚と棚の間を進んでいく。やはり書庫は寒い。ひんやりとした空気と吐息すら響きそうなほど静寂の世界で沓音を響かせながら、優蘭は今日の昼餉を思い出す。

〝粥〟、十二。

〝生姜〟、十四。

――あった。

〝海老〟、十五。

〝蓮根〟、二十三。

――よし、これも。

〝春菊〟、二十。

〝胡麻〟、二十。

――とりあえず、これで全部かしら。

計三冊、三枚。開いた書物の中から異国の言語が書かれた栞を引き抜いた優蘭は、それを懐にしまいつつ吐息を漏らした。

書庫に入った優蘭が今何をしていたかと言うと、内食司女官長である可馨から回された情報を抜き出していた。異国語――杏津帝国の言葉で書かれているそれは、知らない他人から見たらみみずが這った跡に見えることだろう。それくらい、文化圏も字体も違うのだ。

暗号は至極簡単。本日の昼餉に出された料理の食材の画数である。優蘭はこの暗号を習得するためだけに、四日前可馨の新作を味見させられたのだった。

その結果、無事可馨のお眼鏡に叶う程度の正答を出した優蘭は、暗号の意味を教えてもらった、というわけである。

前者が棚、後者が左から何冊目に入っているか、を指している。つまり、「一つ目の情報は入口から十二番目の棚の、十四冊目の書物に挟まっている」というわけだ。ちなみに棚の何段目に入っているかは可馨の気分によって変わる。その辺りは完全に行き当たりばったりという辺りが、とても可馨らしいなと優蘭は遠い目をした。

しかしこうして得ている情報がかなり有益だということは、以前から知っている。そしてこ数日で、それがより一層強く感じられるようになった。

可馨たちの本来の主人――璃美が、情報提供の幅を広げてくれたのだ。

曰く、後宮内部には珀家の、それも璃美が個人で私有している間諜が何人かいるらしい。その一人であり、間諜たちを取りまとめているのが可馨ということだ。

今までも可馨たちから渡された情報に何度か助けてもらっていたが、それは本当に一部だったのだなと思い知った。璃美が許可を与える前と与えた後、情報の量が段違いだったからだ。特にそれを実感したのは、数日にもかかわらず後宮の外へ出された毒味役の居所を四日で全て把握できたことだ。

これは……お義母様に実力を認められたということなのかしらね。

つまり、今までは『皓月の嫁』としては認めてもらえていたが、『珀家の嫁』として認めてもらえていなかったということだ。公私は別ということだろう。今まで認めてもらえていなかったことは複雑だが、しかし一歩前進した気がして自然と背筋が伸びる。

そしてこのやり取りのことを知っている桂英も、時折中立派の情報を一緒に挟んでくれている。どうやら中立派内でも派閥が分かれてきているらしく、桂英自身も時折仲裁に入っているようだ。

皓月のためにも、後宮の平穏を守るためにも、もっとしっかりしないと……。

そのためには、いち早く毒殺未遂の犯人を見つけ出さなくてはならない。

ふう、と息を吐き出しつつ、優蘭は周囲に怪しまれないよう適当にいくつか書物を見繕って外に出よう、と書物を眺める。そこで、あることを思い出した。

あ、そうだわ。例の范燕珠に関する書物、どこだったかしら。

記憶を頼りに書物の場所を探す。そしてそれは記憶通り、書庫の奥の奥、埃でもかぶっていそうなほど奥に置かれていた。

特徴的な、朱色の冊子をしている。優蘭の目に留まったのはこの色もあるかもしれないと、なんとなく思った。

しかも、今回もとても綺麗だ。埃をかぶっていない。不思議だなと思いつつぺらぺらと頁をめくる。そうしたら、

「あっ」

横から、誰かの声が聞こえた。優蘭は思わず目を見張り、横を見る。

そこには、内官司女官長・張雀曦の姿があった。

彼女は目を丸くして、優蘭が今手にしている書物を凝視している。

優蘭は、自身の手元にあるそれと雀曦とを数回見比べて慌てた。

「え、あ。も、申し訳ありません雀曦様っ。もしかしてこちら、お読みになられるおつもりでしたかっ⁉」

「え、あ、いえ、そ、そのっ……」

「あ、私は以前拝読させていただきましたので、もしお読みになられる予定ならばお譲りさせていただきますが……」

「ちち、違います！　そ、の……それをお読みになられている方がいるのが、意外でして……」

　わたわたと慌てながら、雀曦は尻すぼみになっていく声でそう呟いた。優蘭はきょとんと目を丸くする。

「確かに、探しにくいところにありましたが……この朱色の冊子のせいか、なんだか目を惹きまして。思わず読んでしまいました」

「そうだったんですね……」

「はい」

　二人揃って、しばし無言になる。本来なら仲を深める意味も込めて書物の内容などに触れて話を弾ませたいところなのだが、優蘭としては積極的にそれをするのは躊躇われた。なんせ、後宮では禁忌とされている范燕珠のことが書かれた書物だ。口にしていることがばれたら、余計に身の危険が増えそうで恐ろしい。

　そして何より、優蘭の今の立場が曖昧なこともある。下手に優蘭と関わり、雀曦自身の身に危険が及んだり、立場が危うくなるような展開だけは避けなければならなかった。

　そのため、話を早めに切り上げて立ち去ろうと思っていたのだが、逆に雀曦のほうが離してくれず困惑する。

「あ、あの、その……読んで、いかがでしたかっ？」

「え。いや、その……現政権になる前にそのようなことが起きていたのかと、とても驚きました。私は平民ですので、その辺りの事情は知らされていなかったので」

「えっと、それで……他には？」

「ほか、には…………そう、ですね。女性の嫉妬は恐ろしい、という点と……あと、毒は恐ろしいなという感じでしょうか？」

「……それだけ、ですか？」

「えっと。それだけ、です、……」

そこまで言って話を流そうとして、思わず言葉を濁す。雀曦が失望したような、諦めたような目をしたのと、優蘭自身の胸にざらついたような感覚が広がったからだ。

砒素。

優蘭にとってそれは、胸の奥にずっと突き刺さっていて離れない忌まわしき産物だ。それと同時に、商人としての理想を決めたきっかけでもある。

『美しくありたいと思っている女性たちに、自分たちができる最大限の安全な支援を』

それが、優蘭の信条だ。

過去のその出来事には、今の自分にとって必要だったものであり一番敬遠するものが詰まっている。それが絡み合ってまぜこぜになって、今の優蘭を形作っていた。

一度、大きく息を吸う。そして、手元の書物を見た。

もしここに書かれていることが事実で、優蘭にとっての信条が揺るぎないものであるのであれば。ここで曖昧な返答をするのはなんだか違う気がした。特に、あんな目をした雀曦には。

優蘭は口を閉じて深呼吸をすると、再度口を開いた。

「雀曦様。私。この書物を読んで、とても悔しかったのです」

「…………くやしい、です、か……？」

「はい」

突如話し始めた優蘭に目を白黒させながら、雀曦は首を傾（かし）げる。彼女の表情から落胆の色が消えたことを確認した優蘭は、一つ大きめに頷（うなず）いた。

「実を言いますと……杏津帝国にいた大切な人が以前、幼い頃から砒素を飲み続けていたことがあったんです」

「……え？」

「それも、医者に美白に良い薬だと言われて、本当に素晴らしいものだと信じていたんです。彼女は」

近しい者以外にこの話をしたのは、今回が初めてだった。しかし不思議なくらいするすると、口から言葉が紡ぎ出される。

「ですがある日、彼女はこの毒を友人に渡してしまったんです。毒だと知り得ず、自身の美しさの秘訣として渡した。そしてそれを飲んだ同世代の少女たちは、当たり前のように亡くなりました。それを機に絶望した彼女も、自害を」

「……そんな、ことが」

「はい。そして何より苦しかったのは……彼女自身も被害者だったのに、彼女は友人を理由なく皆殺しにした稀代の悪女として周囲から蔑まれたんです」

「……それが殺意の全くないただの事故だったとしても、人を殺したことには変わりがなかったから……ですか？」

優蘭は苦笑をして首を振った。

「違います。そもそも、周囲は彼女の声を聞かなかったのです。あまりにも突飛だったため、彼女が故意的にやったものだと断じたんですよ」

ほんとに悪かったのはその医者本人だったのに、医者が早々にいなくなってしまったことも彼女だけを責め立てる理由の一つになったのだと思う。本人にも罪の意識があった。殺したことには変わらないと、彼女自身が思ったからだ。

だから、彼女はそれに耐えられなくて死んだのだ。

優蘭は目を伏せながら過去に思いを馳せた。

「なのでこの事件が起きた日は、杏津帝国では『白い魔女事件』と言われて今も忌避されているんですよ。彼女は木苺が苦手だったのですが……『魔女が嫌いだった木苺の苗を庭先に植える』という風習がついたのもこの日からです。そして、『魔女が事件を起こした日は木苺の使った菓子を食べることが魔除けになる』とされているんです」

「え……あ……それ、は、」

雀曦は、優蘭の発言を聞いて口をまごつかせた。何と言っていいのか分からなかったのだろう。当たり前だ。優蘭も思わず苦笑する。同時に、歴史と事実が大きく食い違うということはあるのだと、改めて実感した。

世の中に流れている話は、嘘と本当が混じっている。

それは、今回の。そう、麗月が公主の疑いをかけられている件でも同様だ。何が嘘で何が本当なのか、見極める必要がある。優蘭はぎゅうっと唇を噛み締めた。

「私、それ以降。砒素という毒が大嫌いなんです。なくなってしまえばいいのに、とさえ思っています。なので……この事件の際、前皇帝陛下と寵妃様を殺すための毒として砒素が使われていると知ったとき、嫌な気持ちになりました」

そこまで言ってから、優蘭は雀曦が言葉をなくしていることに気づいた。それから少し肩を震わせ、がしりと優蘭の手を掴む。

「あ、あの！　そのお話は、いつ頃のことでしょうか!?」

「え？　あ、えっと、確か……私が十歳の頃ですから、今より十九年前、ということになりますね」

「十九年、前……」

雀曦は嚙み締めるようにそう言うと、ぎゅっと唇を嚙み締める。そして緊張しているのか、かすれた声でぼそっと呟いた。

「……姉も。わたしの、姉も。幼い頃から、砒素を飲まされていたんです」

「……え？」

どくんと、心臓が大きく脈打った。雀曦の姉となると、以前明貴に少し似ていると言っていた女性だろうか。肝心な時に救ってあげられなかった、と祝賀会の際に宦官長に絡まれた際言っていたのを思い出す。

優蘭の脳裏に、嫌な考えがよぎった。

まさ、か……。

「もしかして雀曦様のお姉様は……私が遭遇したこの事件をきっかけに砒素を飲まされるようになったのです、か……？」

「……おそらく、きっと。そうだと思います」

体温が下がり、嫌な汗が流れる。

今自分が抱いている感情は間違いなく、怒りだ。それも、今にも噴きこぼしかねないほどの熱い熱い怒り。自分の中にこんなにも強い憎悪があったのかと驚くのと同時に、それを他人事としてしかとらえていない自分がいることに驚きを隠せない。

それを振り切るためにも優蘭は強く手のひらを握って、喉の奥から言葉を絞り出した。

「……つかぬ事をお伺いいたしますが……そんなことを、一体誰が」

気を付けたつもりが、少しばかり責めるような口調になってしまう。しかし雀曦はそれを意に介せず、目を伏せながら言った。

「……姉は当時、三歳、私は二歳でした。その……わたしたちは孤児で、今の両親とは血の繋がりがないんです。わたしが姉より少し先に養子に出されて、姉はその後すぐ引き取り手が見つかって……なので、相手が誰かわたしも分からなくて……」

「それ、は。申し訳ございません。不躾な質問を……」

「いえ、大丈夫です。それに、話を持ちかけたのはわたしですので」

雀曦はそう言っていたが、顔色はどことなく曇っていた。年下にそんな気遣いをさせてしまった辺り、優蘭もだいぶ冷静さを欠いている。気持ちを落ち着かせるべく深呼吸をしていたら、雀曦がぽつぽつと話を続けていた。

「でも姉とは、それからも文でやり取りをしていました。姉は立場上あまり自分のことを書きたがりませんでしたが、一度だけ居所を書いてくれたのです。それが、『今度後宮に入るから、今みたいに気軽に文を交わせなくなる』といった内容だったのです。これを聞

いて、わたしは一も二もなく後宮に入ることを決めました。姉と一緒にいたかったんです
それが、今から五年前ですね」

「そうだったのですね」

「はい。姉は、とある名家のお姫様専属の侍女として後宮入りをしておりました。それも、実家から連れてきた侍女です。……わたしはこのときようやく、姉の立場を理解したのです」

確かに、その立場なら自身のことをあまり文に書かなかったのも頷ける。下手に書いてしまうと、それを理由に脅されたりあらぬ嫌疑をかけられたりするからだ。それと同時に、優蘭は雀曦の姉は本当に明貴に似ているなと思う。

だって普通なら、身内にくらい良いかなと思って言ってしまうもの。

それを言わなかったのは恐らく、雀曦に迷惑が掛からないためと、自身の主人たる姫君への忠誠心からではないだろうか。自身も仕事をしているから、それがどんなに大変なことかよく分かる。純粋に一人の人間として、雀曦の姉のことを尊敬した。

同時に、そんな込み入った話をしてくる雀曦に少しばかり違和感を覚えた。

その疑問の答えを見つけ出す前に、雀曦は優蘭に話しかけてくる。

「久しぶりに会った姉は、文と同じでとても厳格で自分に厳しくて、でも主人である妃様のことをとても良く慕っている様子でした。わたしが後宮入りをしたときは『こんな場

所に女性が自ら入るものではないです』なんて怒っていましたけど、最終的には泣いて喜んでくれました。意地っ張りなのに涙もろいんです、姉は」

「そうだったのですね」

「はい。十数年ぶりに一緒に過ごす生活は何物にも代えがたいくらい楽しかった。同時に、楽しそうに仕事をする姉はわたしの憧れで、わたしにとっての自慢でした。だからわたしも、そんな姉みたいに働く女性になりたいと考えるようになったのです。今のわたしがあるのは間違いなく、姉のお陰なんですよ」

嬉しそうに自慢げに語ってくれるのに、何故かその表情があまり見えない。光があまり入ってこないからだろうか。それが優蘭の中にあった恐怖をより一層高めた。

思わず一歩引けば、光の加減かようやく雀曦の表情が覗ける。

雀曦は笑っていた。――それも、不気味なほどの笑みをたたえていた。

「珀長官。その姉がお仕えしていたお妃様が先代皇帝陛下時代の貴妃様だと言ったら、あなた様は驚かれますか？」

「…………え？」

先代、貴妃？

それって……先代皇帝と一緒に、毒殺され、た……？

一瞬、呼吸が上手くできなくなった。悪寒が背筋を伝って落ちていく。書庫が寒いからなのか、それとも優蘭自身が震えているからなのか。手足から血の気が引いて、カタカタと体が小刻みに震えていた。

砒素を幼い頃から服用していた雀曦の姉が、毒殺された寵妃の侍女で。それはつまり、雀曦の姉はあの。あ、の。

范、燕珠。

優蘭が青い顔をしていることが分かったのだろう。雀曦は薄っすらと目を細めて唇を開く。その表情には、まるで優蘭を試すような妖しい色を帯びていた。

「珀長官。その記録書を書いたのは、わたしなんですよ。姉から聞いたことと……そしてわたしに姉が砒素を飲まされていたということを教えてくださった方から伺ったこと、それをまとめたんです」

「……それは一体なんのために」

「……愚問ですね、珀長官。真実を知るため、ですよ。執毒事件の真相を知るためです」

自身の姉、燕珠が何故先代皇帝たちを殺したのか。そしてその後何故死んだのか。それが知りたいと雀曦は言った。

「珀長官、これはね、姉のためなんかじゃないんです。姉が殺していたとしてもいい、そこに何があったのかが知りたいんです。だからこれはわたし自身のため、わたしが知りたいから……ただそれだけのために、わたしはずっと動いてきました。だから、今日あなた様が記録書を読んでいたことを知って、心の底から嬉しかったのです」

「……何故です？」

「だって、あなた様は一度疑問に思ったことを見過ごしたりできない方でしょう？」

図星だった。思わず押し黙れば、雀曦は歌うように言う。

「本当というのは、一体全体どこにあるんでしょうね、珀長官」

「それ、は」

「わたしはそれが知りたくて、女官長になりたかったんです」

雀曦は微笑んでいた。言っていることの重さと表情が一致しなさ過ぎてこちらが思わず震えるぐらい、穏やかな笑みだった。

「だから……ありがとうございます、珀長官。その記録書を見つけてくださって。わたしを女官長に指名してくださって。お陰様でわたしは、自分のしたいことができます」

「したいことって……」

「わたし以外の誰かがそれを知っていてくださる。それも、他ならぬあなた様が。わたしはそれだけで、もう……安心して、この身を擲てます」

今にも消えてしまいそうなほど儚い姿に、言葉に、ぞわっと悪寒が走った。

しかし口を開く前に、雀曦はふわりと髪を揺らしながら立ち去ってしまう。まるで狐に化かされたような心地だった。優蘭は思わずずるずるとその場に座り込み、頭を抱える。

ええっと、つまり……？　雀曦様は、稀代の悪女の生き別れの妹で？　彼女自身の目的は、そんな姉が起こした執毒事件の真相を知ることってこと……？

雀曦の口ぶりを見るに、そういうことなんだろう。なら、それを今優蘭にばらした理由は？　雀曦に、燕珠が砒素を飲まされていたことを教えたのは誰？　そして優蘭が取るべき行動は？

様々なことが頭を駆け巡り、混ぜこぜになる。じくじくと開いたばかりの傷口のように痛み始めた頭を押さえながら、優蘭は思わず呟く。

「もうほんと……なんなのよ、この後宮は……っ」

踏み込めば踏み込むほど、深淵のように深く濃密になっていって底が知れない。一体何が隠されているのか、何を知らなければならないのか、さっぱり見当がつかなかった。そして、今から自分がそこに何がなんでも足を踏み入れなければならないことに気づき、改めてげんなりする。

「勘弁してよ、もう……」

優蘭のその嘆きは、誰にも聞かれることなく白い吐息と共に溶けていった。

＊

毒殺未遂事件、麗月公主疑惑、紫金会に加え、四年前に起きた寵妃の侍女が起こした執毒事件。過去の清算とばかりに色々な事件が積み重なって、今になって表面化している。

これにより、いよいよ誰が敵で誰が味方なのかまったく分からなくなってきた。特に分からなくなってしまったのは、雀曦の立ち位置だ。

もともと、敵とも味方とも言い難い中立的な立ち位置にいる人物ではあった。ただ時と場合、交渉次第で味方になってくれる割と友好的な人物ではあったのだ。それなのに、それすらも怪しくなってしまった。

何より気になるのは、雀曦が優蘭に「自身が大罪人の妹なのだ」と明かした理由、彼女自身の目的だ。

雀曦様はその辺り、特に何も言ってなかったけれど……彼女の目的は、姉を不当に殺した真犯人に対する復讐？　真犯人の存在を見抜けなかった権力者への報復？　それとも別の思惑があるの……？

こんなにももやもやとするのであれば、あの場で聞いておくべきだった。それができないぐらい動揺していたのは、雀曦の姉が范燕珠で、同時に砒素を幼い頃から服用させられていた少女だと知ったからだろう。

この歳にして恥ずかしいのだが、砒素のこととなると人一倍過敏に反応してしまう。自身の感情を上手に制限できないのは、商人としても大人としても半人前だと感じた。

それに、雀曦様の話をどこまで信用していいものか……。

この辺りの証拠を裏付ける記録がしっかり残っていたら嬉しいのだが、誰に聞いてみればいいのだろう。やはり後宮にいる年月が長い玄曽にだろうか。それとも医療面なので他の誰か？　いやしかし、下手に優蘭と関わるとその人たちに悪意が向くかもしれない。

いや、落ち着きなさい。陶丁那にも言ったように、私は後宮にいる全ての女性の味方であり敵には成りえないのよ。だから、雀曦様がどのような考えで動いていたって、私が彼女を攻撃していい理由にはならない。

しかしそうは言っても、他の妃たちを守らないわけにもいかない。自分で決めた方針ながら、なかなか難しい方針にしたものだと改めて感じた。だからこそ余計に、これから備えておかなければならないことばかり考えてしまう。

そんなふうに悶々と思考を巡らせ続けていたら、気づけば帰宅時間になり。悶々としたまま馬車に乗れば、屋敷に着いていた。馬車に揺られている間も、ずっと考え事をしていたらしい。

いい加減切り替えなければいけないな、と頭を振りながら屋敷に入れば、璃美が満面の笑みと共に出迎えてくれた。あまりに唐突で、ひゅっと喉が鳴る。

「おかえりなさい、優蘭ちゃん」

「え、は。たた、ただいま戻りました……」

やっばーい。お義母様がいらっしゃること、完全に忘れていたー!!

そうだ。今日は前回璃美がやってきてから四日目の夜ではないか。今日から璃美が一時的に同居するのに、何故そんな大切なことを忘れていたのだろう。

皓月がいない状態でどうやって間を保てばいいのか分からない……。

それに、皓月に対しての態度を見ているとどうしても身構えてしまう。優蘭に対してはあんなに甘い態度を取るのにも納得がいっていなかった。普通なら、息子のほうに甘くするはずなのだが。

そんな得体の知れないところがあるからか、優蘭は未だに璃美との距離感を図りかねていた。璃美の背後に湘雲の姿が見えなければ、冷静さを取り戻せずわけの分からない奇声を上げていたかもしれない。

今にもはちきれんばかりに鳴り響く心臓を押さえながら食堂に入ると、璃美と一緒に夕餉を食べる流れに自然となってしまう。

「皓月は今日残業で早く帰ってこられないんですって〜」

なんて言われたが、皓月がいなくて良かったと思う自分といて欲しかったと思う自分とがせめぎ合っていて冷や汗と作り笑いが止まらない。結果、夕餉は大変味のしないものになってしまった。

緊張のあまりぐったりしながら居間で一息ついていると、湘雲が風呂の準備をしている間に璃美が優蘭に話しかけてきた。しかも、となりに座って。だいぶ狂った距離感に、再び緊張が走る。

「ねえねえ優蘭ちゃん。皓月とはどう？　上手くやれている？」

「へっ⁉　ははは、はい……お優しいですし、お仕事に関しては本当に言うことがないくらい優秀な方ですので……とてもよくしていただいております」

「そうーそう～。……それで、本音はどうなの？」

「いやいやいや……不満は本当にありません」

「本当に？」

こんなに不思議そうにされるのはなんでなの……⁉

それに、母親の前で息子を貶すようなことが言える神経の図太い人間がいるのだろうか。

優蘭なら、そんな命知らずなこと絶対にしないが。

しかしそうやってしつこいくらい問いかけられているうちに、少しばかり思うところは出てきた。それを優蘭の表情から機敏にも感じ取ったのか、璃美の表情が明るくなる。

「あら、ある？　何かあるのねっ？」

「い、いえ、そ、の……」

「何何？　あるなら言ってちょうだい、皓月本人には絶対に言わないから！」

その圧に押し負け、優蘭は目を逸らしながらもぼそぼそと言った。

「ただ時折、言葉足らずがあったり自分だけで解決しようとする節があるのが、多少心配になります」

　ぴくりと、璃美の柳眉が震えた。彼女はしばし優蘭の顔を見つめると、首を傾げる。

「あの子のこと、心配してくれるの？」

「そう、ですね。ご自身にできることが多いからか、なんでも断らないのでそれが不安になります。許容範囲が広いだけで、限界がないわけではありませんから」

「皓月なら大丈夫って思わない？」

「仕事面ではとても信頼しておりますが、それとこれとは別問題かと。なので……もう少しご自身のことを大切にしていただけたらな、とは思っておりますね」

「そう。……そう」

　噛み締めるように、璃美は何度か頷く。それを見て、優蘭は「私何か変なこと言ったかしら……」と内心焦った。同時に「皓月がこんなにも苦労しているのは皇帝のせいでもあるけど、それに拍車をかけているのは私の補佐をしているからでもあるわよね……？」という思いが生まれてくる。

　つまり、私も加害者の一人ってやつじゃあ……。

　だらだらと本日何度目かになる冷や汗を流していると、璃美がそっと優蘭に手を伸ばしてきた。これはとうとう頬を張り倒される展開か⁉　と思わず身構えぎゅっと目を瞑れば、頬への痛みは来ない。

代わりに優しく頭を撫でられる感覚があり、優蘭は思わず目を見開いた。

そう。優蘭は何故か璃美に頭を撫でられていた。それも、慈しむように。

思わずぽかんと間抜けな顔をしていると、くすくす笑われた。その顔がどことなく皓月が笑ったときの顔に似ていて、どくんと胸が高鳴る。特に似ているのは、その涼やかな目元だろうか。皓月はとても璃美似なのだということを改めて実感した。

「ほんと、優蘭ちゃんはいい子ねえ……」

「いや、いい子って言えるほどの年齢では……」

「あら。なら良い女、かしら？　どっちにしても、本当……貴女が皓月のお相手で、本当に良かった」

その言葉には、以前皓月と会った際に吐き出された言葉とは違い、愛おしさに満ちていた。それを見た優蘭の口から、思わず言葉が零れ落ちる。

「お義母様はどうして……どうして、皓月にきつく当たられるのですか？」

「……あら、どうして？」

「えっと……私は数回しかお会いしたことがないので確かなことは言えませんが、ですが。お義母様は口で仰られるほど、皓月に対して悪感情は抱いていないように感じまして……」

前回はかなり辛辣だったが、璃美の立場が『珀家当主夫人』で「当主の代わりに次期当主の行いに苦言を呈した」のであれば、その発言にも納得はいく。皓月の行為が次期当主として不適切だったことに間違いはなかったのだから。

それに叱るということは、その分だけ期待をかけているということ。それはつまり、慈しみ愛しているということだ。怒るのと叱るのでは大きく違うのだから。

それに。

「それに、湘雲さんは以前、お義母様が珀家に嫁いでいらっしゃる前から専属侍女をしていたとお伺いいたしました。専属侍女ということは、相当気に入っていらっしゃったんですよね？　そんな方を、息子の屋敷を取りまとめる侍女頭に選ばれたということは、それ相応に期待していないとなさらないことなんじゃないかって思うんです」

「……監視の意味というのもあると思うのだけれど」

「それはもちろんそうですが、ですがそれなら湘雲さんじゃないほうが良かったと思うんです」

「どうして？」

「皓月とて、湘雲さんがどういう立場なのか知っています。そうなると、逆に警戒させてしまうはず。本当の意味で監視をしたいなら、目立たない立場の、それも皓月が知らない人物を入れるほうが効果的です。違いますか？」

一つ、一つと璃美の逃げ道を潰していく。でないとこの人はどこまでものらりくらりと躱せてしまうとなんとなく感じたからだ。

だって多分、じゃないと。

この方の本音は、この先一生聞けない気がする。

なんとなくそう思い真っ直ぐ見つめたままやり取りをしていたら、目を見開かれ肩をすくめられた。

「……そんな顔をされたら、これ以上言い逃れをするのは無理そうね」

「それじゃあ……」

「ええ、そう。皓月のことはね、ちゃんと好きよ。ただ……好きだからこそ、許せないのよね。だからついついきつい言い方をしてしまうの」

「許せない……ですか？」

優蘭は思わず目を瞬かせる。すると、璃美は長椅子の背もたれに体を預けながらふう、と吐息した。

「少し昔話をしてもいいかしら？」

「はい。大丈夫ですよ」

「ありがとう。……あのね。あたくし、幼い頃から珀家当主の妻になることが決められていたの」

「ええ。だから、湘雲はあたくしが小さい頃からついていてくれたのよねえ……まあそのせいで、幼い頃からやっかみを受けていたわけ」

「どこにでもそういうことはあるんですね……」

「ええ、もちろんあるわ。むしろ、貴族間のほうが陰湿なのが多いんじゃなくて？　毒殺暗殺なんて日常茶飯事だったもの」

　私の知っているやっかみとはだいぶ種類がかけ離れている気がするんですが……。

　心の中でそうは思ったものの、決して口には出さない。口は禍(わざわい)の元、なんでもかんでも口に出していては、身がいくつあっても足りない。優蘭は自身の勘に忠実に従い、相槌(あいづち)だけを打つことにする。

　その間にも璃美の話は続いた。

「でも、やられたらやられっぱなしって嫌じゃない？　だから何かされるたびにちゃんとお礼参りをしていたの」

「お礼参り」

「ええ。だって、やられたらやり返さないと相手が『自分のほうが強い』って勘違いしてしまうじゃない？　その頃から、それだけはきっちり守っていたのよ。それに昔から、白黒はっきりしないことって嫌いだったのよね。だからこう、夫や皓月の努力を見ていると、むずむずしてしまうの。だめね、ほんと。そこは反省しなきゃ」

つまりそれは、皓月にだけでなくお義父様に対してもそんな感じ、ということでしょうかお義母様……。

今までのわずかなやり取りを思い出しそんな気がしたが、触れてもいいことがなさそうなので愛想笑いをするだけにとどめる。

「だから優蘭ちゃんも、珀家の女になったからにはばれないように静かに、でもバシバシいきなさい。男どもは駄目、皆その辺り控えめだから。良いこと？」

「は、はい」

満面の笑みと共にそう言われたが、正直怖い。特にばれないように静かに、という辺りにこの瞬間、璃美の名は優蘭の中で二番目に怒らせてはいけない人物として刻まれた。一番目はもちろん自身の母親である。

優蘭が一人内心葛藤を繰り広げていると、璃美はなおも続ける。

「それにね、皓月は……自分の在り方そのものが嫌いなの」

「……え？」

在り方そのものが嫌いって、どういう。

優蘭が戸惑っていると、璃美は長い睫毛を伏せた。

「だから、自分を大切にしないししようとしないのよ。自分自身を大事にできない人に、大切なものを守ることはできないって何度も言っているのに。……そのくせして、守らなきゃいけないものが分かっていないの。仕事に関しては器用なのに、自分のことに関しては不器用なのよねえ」

「それ、は」

優蘭は口ごもる。それは、優蘭自身も皓月の行動に関してそう思っていたところがあるからだ。優蘭も優蘭で無茶苦茶はするが、その結果遭遇した危機的状況は正直言って優蘭自身のせいというより皇帝のせいという場合が多かった。

それに皓月の無茶苦茶は優蘭と違って、先の利益とか見返りを感じない、良くも悪くも純真なものだ。優蘭は損得でなんでも図る人間である。

そこでふと思い出した。

そうだわ。皓月の在り方って……究極的な自己犠牲そのものだった。

皓月が珀家の存在意義を話してくれたときのことを思い出す。

珀家は、国を守るために自己犠牲を続けることを決めた一族だった。

その嫡男たる皓月にも、その生き様や在り方は継承されているのだろう。だが、皓月のそれは家の在り方よりももっと根強くて深いところにあるような気がした。

皓月の自己犠牲の精神は決して悪いことではないが、危うげで儚(はかな)くて今にも消えてしまいそうだと思ったことは何度もある。なので、璃美の発言には思い当たるところが多かった。

まるで、自身を罰しているみたいに。忘れるなと、古傷を抉り続けているみたいに。

ぼんやりとそう考えていた優蘭は、続く璃美の言葉を聞いてドキリとする。

「まるで、何かの罰を自分に課しているみたいね。――そんなこと、誰も望んではいないのに」

それは、優蘭が考えていたことと同じだった。弾けたように顔を上げて璃美を見れば、美しい横顔が視界に入る。璃美の顔は少し寂しそうで、しかしどことなく諦めがにじんでいた。その横顔を見た優蘭はその瞬間、璃美の苦労を知る。

大事にしていないわけではない。大事にしようとして、でも伝わらなかったのだ。

「優蘭ちゃんは皓月から、婚約失敗談は聞いている？」

璃美は優蘭に微笑みかけながらこちらを向く。

「は、はい」

「そう。あの子、優蘭ちゃんにはちゃんと言えたのね、良かった」

心の底から安堵したような表情を浮かべる璃美は、母親の顔をしていた。

「優蘭ちゃんから見たら、あたくしたちが皓月にしていたことっておかしなことに映っているんでしょうね」

「い、いえ……ただ」

「ただ？」

「何故そんなにも婚姻を急ぐのかな、とは思ったことがあります」

「あら、どうして？」

「だって皓月、私との婚姻が決まった状況でまだ二十六歳ですよ。働き盛りですし、まだ周りが放っておかない人だったじゃないですか。なら、何故そんなにも焦る必要があったのかなと」

最初の一人が幼馴染、古くからの婚約者だったことを除いても、その間に三人配偶者候補がいるのだ。それはいささか多くないだろうか？

「そうよね、多いわよねえ」

「そんな他人事のように……」

「いいえ？　珀家としては、右へ左への大騒ぎ。何度か一族会議が行なわれるほどの重大事件になっていたわ」

「逆に重大過ぎませんか!?」

「仕方ないのよ。男児の婚姻に関しては、珀家は昔から何かと苦労をさせられてきたから……」

「苦労、ですか？」

「ええ。珀家の男児って不思議でね？　良い配偶者を見つけないと皆、情緒がどんどんんどん不安定になってしまうの。だから早めに寄り添える人を探すのが珀家の常識だったのよね」

「……え？」

そんな理由があったと、一体誰が思っただろう。少なくともそんなことを優蘭は想像さえしなかった。

「まあ皓月の場合、陛下がいらっしゃったからまだそういうのは防げていたかしらね」

「え」

「初めて自己主張をしてきたと思ったら『仕えるのであればあの方が良いです』って言われて、それが第五皇子だったからどうしようとは思ったわ。しかもやめておきなさいってあたくしたちが言ってもだめ。結局、夫も首を縦に振ってしまって決まってしまったのよね……」

遠い目をして過去に思いを馳せる璃美に、優蘭も釣られて遠い目をしてしまった。気持ちが痛いほど分かるだけに、色々と複雑な心境にさせられる。

「そういうところばかりね、とっても頑固なの。陛下も当時は皇位継承権が一番低かったから……それがまさかこうして皇帝陛下になられたのだから、珀家男児の為政者に対する慧眼もなかなかなものよね」

肩をすくめながらもそう言う璃美の表情は穏やかで、どことなく自慢げだった。それは間違いなく、息子に対する愛情からくるものだろう。

「ふふ。まあ結局、あたくしたちは焦るばかりであの子にぴったり合った配偶者候補を探し出せなかったのだけど」

「そんなこと、ありませんよ」

「そう？　ふふ、いいのよ、気を遣わないで。口うるさいし面倒だし不甲斐ないし……あの子にとって良い親ではない自覚はあるの。もしそうなのであればそれで構わないわ。あの子は、あたくしがいなくても気にしないもの」

そんなことはない。そう言いたいのに、それは言葉にならなかった。優蘭が慰めの言葉を言ったところで、璃美の心を救えるわけではないからだ。むしろ下手なことを言ってしまうと、璃美の想いや尊厳さえも踏みにじってしまう気がする。

優蘭が色々なことを考え思わず押し黙っていると、外がにわかに騒がしくなった。使用人たちが動き始めたのを見る辺り、皓月が帰ってきたのだろう。それを璃美も察知したらしく、彼女は肩をすくめて立ち上がる。

「あたくしがいては、皓月もゆっくり食事ができないわね。そろそろ部屋にこもることにするわ」

「は、い。……その」

「あら、なあに？」

「お話。聞かせてくださりありがとうございました」

「あら。さっきのはあたくしの独り言よ。気にしないで頂戴」

言いながら璃美は「あ、その独り言ついでに一つ」と口調を改める。

「優蘭ちゃん。皓月のこと、お願いね」

「……はい」

「無茶をしたら、引っぱたいてやっていいから」

「……なるべく平和的解決を目指せるようにします……」

むしろ皓月の頬をはたいた優蘭のほうが後悔で心を痛めそうだなと思ったので、そう言っておいた。そうすると、璃美は笑う。

「ありがとう。あなたになら、皓月のことを任せられるわ」

ついで、「おやすみなさい、優蘭ちゃん」と気恥ずかしさを隠すためか笑みを浮かべて口早に言う。優蘭もそれにこたえる形で「おやすみなさい、ゆっくりお休みくださいね」と就寝前の挨拶を述べ、璃美を見送った。

そんな璃美の背中を見つめながら、優蘭も皓月を迎えようと立ち上がる。その間、心中を占めていたのは皓月と璃美のことだ。

皓月自身は、お義母様のことをどう考えているのかしら……。

優蘭のその疑問を解消する機会は、割と早くやってきた。

というのも──

「……ええっと。どうして私と皓月の寝室が、一緒になっているんでしょう……？」

何故か、屋敷内の内装にだいぶ手が入れられており、優蘭と皓月の寝室が一緒になっていたのだ。湘雲から預かった璃美の言伝曰く、

『夫婦なんだもの。というより、夫婦になってからどれくらい経つと思ってるのよ。たまには寝室くらい一緒にしたらいいのではなくって？』

とのこと。それは、黎暉大国の一般的な夫婦観から言えば当たり前な、ぐうの音も出ない正論である。

そしてその話を今になってようやく湘雲経由で聞いた優蘭は、こうして寝台の縁に腰かけ頭を抱えていたというわけである。

いや……いやいやいやいやいや……この死ぬほど忙しいときに、今更になって夫婦同衾？　どうなのそれ!?

冗談も大概にしてほしい。いや、あの姑に限ってそんなことあり得ないので、本気の行動なのだが。先ほどまであんなにもしんみりとしていたのに、まさかそれを当たり前のように覆してくるとは。さすが珀家主夫人。恐ろしい。

皓月が寝室に入ってくる前に、もう床で先に寝ようかしら……と考えてしまった辺り、

優蘭も大概疲れている。

一度落ち着こう、と思い外へ出ようとしたら、丁度よく風呂上がりの皓月が入ってきてしまう。ほんのり頬を上気させた皓月を見て、優蘭の心臓が早鐘のようにうるさくなり始めた。

「どうか、いたしましたか、優蘭？」

少しぼんやりとした様子で、おっとり間延びした声を出しながら、皓月は首を傾げる。疲れているからなのか深窓の令嬢感が増していて、瞳が心なしか潤んでいて、泣き黒子がとても艶っぽい。

何故だかとてもいけないことをしている心地にさせられて、困惑した優蘭は数歩下がり満面の作り笑いを浮かべた。

「皓月」

「はい」

「私が床で寝ます」

「……一度落ち着きましょう？」

どうどう、とまるで手負いの獣を扱うような仕草で宥められる。そのまま二人して寝台の縁に腰かけた。

「ええっとですね。湘雲から、母上のいつも通りの無茶ぶりでわたしと優蘭の寝室が一緒になったことは伺っているのですが……」

「はい……」

「一緒に寝るのでは、駄目なのでしょうか？」

「はい……はい？……はい!?」

常識人の皓月の口から、とんでもない言葉が吐き出された!?

「こ、皓月……そんなにもお疲れなら、やはり寝台で寝ていただいたほうが……」

優蘭が思わずあたふたと顔を青くしていると、皓月がなおのこと首を傾げた。

「優蘭。そもそもわたしたちは、夫婦です」

「はい」

「夫婦なら、同衾したところで問題にはなりません」

「はい。……は、い」

確かにならない。皓月の言う通りだ。

「それとも、わたしと一緒に寝るのはお嫌ですか……？」

「え、いや、」

「変な匂いとかします……？　それとも別に恋い慕う方が……」

「全然全くそんなこと、はっ、」

「なら、全然問題ないかと思います」

「え、あ、はい」

そういうものなのだろうか、これは。

もっと別の、契約結婚の夫婦だからとか、そもそもそういう対象として見ていないからとか、そういう別の側面があった気がしたのだが。

今日一日様々なことが起きたせいか、一緒に寝ることくらいなんてことはないように思えてくる。実際、後宮内ではそれ以上に大変なことが起きているのだ。むしろ今は皓月と夜の時間でも一緒にいられるのは、合理的で好都合なのでは？

優蘭は働かない頭を必死になって動かして、そう考えることにした。

そう、つまり。この同衾は決してやましいこととかそういうものはない、仕事ありきの状況ということだ。つまり、何も問題なし。

そう結論付けた優蘭の取った行動は早かった。すすっと皓月の手を取り、一言。

「皓月の気持ちは分かりました。私も大丈夫です、一緒に寝ましょう」

「は、はい」

「ですが一点だけ確認したいことがあります」

「はい」

「皓月は、お義母様（かあさま）のことをどう思っていらっしゃるのでしょうか!!」

「……ええっと？」

困惑気味の皓月には大変申し訳ないが、そろそろその辺りを解決させておきたいと優蘭は考えていた。

じゃないと、私の頭の中で解決しないことが多すぎて無理！

なので少し食い気味になりつつも、優蘭は皓月に詰め寄った。

「それで！　皓月の中では、お義母様は一体どういった存在なのです⁉」

「それを聞きたい理由などはおありですか……？」

「二人の関係を見ていると、親子と呼ぶにはあまりにも殺伐としておりますので‼」

「……そう言われてしまうと、確かにおしゃる通りですね……」

皓月は戸惑いつつも頷き、少し躊躇いながらも口を開いた。

「わたし自身、母上に苦手意識というものは少しあります」

「あるんですか」

「ええ、一応……ただそれは、母上の生き方そのものがわたし自身の性格と真逆だからこそと言いますか……純粋に、羨ましいからなんです」

「……羨ましい、ですか」

「はい」

皓月は少しだけはにかんだ。

「羨ましいですよ。この辺りは母上だけでなく、他の珀家の女性たちすべてに対して思っておりますが……なんの躊躇いもなく、自身がこれだと思ったことをやり通せる彼女たちを、わたしは心から尊敬しています。わたしにはそんなこと、恐ろしくて到底できませんから」

「皓月……」

「なので、苦手意識こそあれ、母親として尊敬はしていますし……それに、わたしが未だに不甲斐なくて、心配をかけ続けているのは事実ですから」

「なるほど。つまりどちらかと言うと、人としてちゃんと好きだと」

「はい。お茶に興味を抱いたのは母の影響が強いので……なので、その……改めて口にすると恥ずかしいですね」

照れながら頰を掻く姿は大変可愛らしくて、優蘭は不覚にも癒された。しかしそれと同時に、疲労と眠気で支配された頭を抱えたまま優蘭は思う。――「この親子、不器用すぎか？」と。

え？　十数年こんなにもすれ違い続けてきたの？　親子で？　そんなことってある？

「……ええっと、あの。優蘭？」

というより、何故その辺りの気持ちを素直に伝えないの絶対言ってないでしょうこの二人。そういうところよそういうところ！

「……優蘭、優蘭……？」

絶対、絶対に明日話し合いの場を無理くり設けてこの二人を和解させてやるわ……そうしたら、このお屋敷にいる間私が気まずい思いをしなくて済むし、寛げる。皓月とお義母様の中に流れていた気まずい空気も払拭できる。一石二鳥、最高の作戦ねこれ明日はお休みだから外へ行って聞き込みをするだけだし、早めに帰って準備を整えられそうね絶対やるわやってみせる……！

「……あ、の。ゆう、らん……？」

……あ、れ？

ぐるんぐるん。視界が回る。皓月の声がどんどん遠のいていく。最後に見えたのは皓月の心配そうな声と、ほんのわずかな温もりだけだった――

＊

「優蘭ッ？」

皓月は、声をひっくり返して身を震わせた。

ぐるんぐるんと目を回した優蘭が、ぱたりと倒れ込む。

皓月はそれを、すんでのところで受け止めた。そしてそうっと、大切なものを扱う手つきで優蘭を寝かせる。

念のため脈を図ったり熱がないか確認してみたが、これといった異変は見られなかった。どうやら、疲れて眠ってしまっただけらしい。

そのことに安堵すると同時に、申し訳なくもなり皓月は目を伏せた。

「……とても疲れていらっしゃったんですね。気づかずにすみません……」

そう呟き、起きないように細心の注意を払って優蘭を寝台に寝かせる。そして体が冷えないように、肩までしっかりと厚めのかけ布をかけた。その横顔を眺めようと、皓月は寝台の縁に腰かける。

疲労の色が濃い顔だった。目の下には隈ができており、顔色も良いとは言えない。それを、普段は誰にも見られないようにするために濃いめの化粧をして隠していることを皓月は知っていた。それを決して指摘しないのは、優蘭の配慮を無駄にしないためだ。

誰のせいでこんなにも疲れているのか。それはもちろん、皓月のせいだった。優蘭はこんなことをしでかした犯人のせいだと言っていたが、優蘭の弱点に皓月――この場合は蕭麗月という女官――がなってしまっていることは、誰の目から見ても明白だった。

しかも、周囲は優蘭を信用せず疑っている。いくら優蘭がそれを気にしない性格をしているからといって、傷を負わないということにはならなかった。

自分のせいで、愛する人が傷つくのは耐えられない。しかもそれが、証明できないことならなおさら。

皓月は目を伏せる。その視線の先には、浅い呼吸を繰り返す優蘭がいる。

優蘭の漆黒の髪が、寝台の上で波打っていた。その一房に指を滑らせ、皓月は恭しく持ち上げる。

「わたしが不甲斐ないばかりに、無茶をさせて……本当に申し訳ありません」

届くことがないと分かっていても謝罪を口にしてしまうのは、言わずにはいられないからだ。同時に、その行為が自分の自己満足だということもよく分かっている。思わず自嘲した。

同時に、これからやろうとしていることを成し遂げようと改めて決意する。

だってそうすれば。

優蘭は、守れるのだから。

「安心してください。そろそろ片を付けます。大丈夫です、あなただけは必ず守って見せますから。──たとえそれで、あなたと離縁することになったとしても」

うっそりと微笑んで、皓月は優蘭の黒髪に口付ける。そして、名残惜しい気持ちを抱えながら腰を上げた。

するりと、優蘭の髪が皓月の手から滑り落ちて。寝台の上に散らばっていった──

＊

「はあぁぁぁぁ……」

二日後。いつも通りの時間に出勤した優蘭は、沈痛な表情をしていた。

ああ……皓月相手に盛大にやらかしたわ……。

昨日の朝に目覚めた優蘭は、となりに皓月がいないことに気付いて首を傾げ、そして自身が疲労困憊過ぎたせいでぶっ倒れたのだということに気付き頭を抱えた。

しかも、疲労度合いが強すぎて全く要領を得ない質問をしてしまったような気がする。

その日一日中、心の底から反省しながら毒殺未遂事件の被害者たちの家に訪問した。

さらに言うなら、皓月忙しすぎて、昨日はとうとう帰ってこなかったわ……。

間が悪いというかなんというか。もどかしさで胸元がむかむかする。

しかし今は仕事の時間だ。そして優蘭が手を付けているのは、毒殺未遂事件の犯人捜しだ。できる限り公私は分けようと思っている優蘭は、気を取り直すために手元の木簡を睨んだ。そこには、昨日訪問しに行った元毒味役の住まいが記載されている。

肝心の毒味役は、既に引っ越しをしておりいなかった。おかしいと思いもう一軒のほうにも行ってみたが、こちらももぬけの殻。それ以外にも毒味役はいたが、この二人以外の毒味役たちは都ではない地方の出身なので、直ぐに足を運べそうになかった。

それに、ここまでくるといささか雲行きが怪しくなってくる。

この毒殺未遂事件、やっぱり何か裏があるわ。

つまりそれは、後宮を離れて調べなければならないことが増えるということだ。

私が出る？　いや、これ以上は無理よね……。

今この状況の後宮を長期間離れることが得策ではないことなど分かっている。自分一人でやれる範疇を超えた仕事量なことも理解していた。

「うーん、うーん……」

悩む、悩む。正直、彼らに頼むのはあまりに荷が重いと思っていた。本当ならあまりやりたくないことだったが、背に腹は替えられない。

溜息を吐き出した優蘭は、五彩宦官を呼び寄せた。

開口一番、優蘭は五人に言う。

「お願いがあるの」

『やります』

「……待ちなさいな。せめて内容を聞いてから頷きなさい……」

あまりにも早い了承の声に呆れていると、五彩宦官は首を傾げた。

「だって長官、それ、今俺たちがやっていることと関係していることですよね」

「そうだけれど……」

優蘭が少しばかり躊躇っていると、五人は互いに顔を見合わせてから言った。

「なら、俺たちが断る理由はないです」

「むしろ、今までみたいに命令してくださいよ。そんなお願いだなんて言わないで」

「そうです。僕ら、前と違っていやいやこの仕事をしてるわけではないのですから」

「僕たちにできることなら、なんでもします」

「だから、どうぞご命令を」

優蘭は思わず息を呑んでしまった。五人の顔がとても真剣だったからだ。

こんな顔をしてまで一緒に仕事をしてくれている子たちを信用しないっていうのは、あり得ないわよね。

優蘭は一つ頷くと、卓の上に木簡を広げた。それには毒味役たちの人相と後宮にいた頃に申告した住居地が記載されている。

「外泊許可は私がもぎ取るから、五人のうち三人が外に行って、彼女たちの行方を探って欲しいの」

「……元毒味役たちの行方ですか」

優蘭は朱睿、悠青、緑規を外部調査班、黄明、黒呂を内部調査班に指名した。

「ええ。昨日陵苑住まいの人たちのところに行ってきたのだけれど、もぬけの殻だったの。しかも、二軒共ね」

「……それは怪しいですね？」

「ええ、そう。だから調べて欲しいのよ。そして居残り組は、元毒味役と……医官の情報を集めて欲しいの。できる限り多く」

五人はぱあっと表情を明るくして頷いた。

『やります！』

「そう、良かった」

しかし、一人不安そうに手を挙げる。緑規だ。

「で、ですがあの……ちょっと、僕たちにはなかなか荷が重いと言いますか……」

後ろ向きな緑規に、他の宦官たちが「なんだよー」「その分やりがいがあるじゃん」「そうだそうだ」「お前はいつもそうだ」等の野次を飛ばしていたが、優蘭はあっけらかんと頷いた。

「もちろん、外にあなたたちだけを行かせる気はないわよ」

「え」

「玉商会の人員と珀家の人員。そのどちらかと一緒に調査をしてもらいます。さすがの私も、まだまだひよっこのあなたたちにいきなり大きな事をしろなんていう鬼畜なことは言わないわよ」

「な、なるほど。安心しました……」

「でも、彼らの仕事は学べることも多いと思うわ。だから、ちゃんと誠意をもって接すること。いいわね？」

「はい」

この辺りの玉商会、珀家の了承は、昨日のうちにとってある。二家とも色々な意味でとてもやる気だったので、心配はないだろう。

「ただ、同時に彼らとの橋渡し役になってもらうわ。居残り組も、あなたたちが得た情報がそのまま外部班にとっての武器になるのだから、どちらもしっかり励むように」

『はい！』

「というわけで、外部調査班は身支度！　早急に！」

「は、はいっ」

木簡を抱えながらあわあわと去っていく三人を見送った後、優蘭は残りの二人を見た。

「で、だ。二人にも、調査以外で毎日確認して欲しいことがあるの。重要なことだから、頭に入れておいて」

「はい」

「昼餉（ひるげ）の後に必ず内食司に行って、そこで情報をもらってきて欲しいの」

「？　内食司からのですか？」

「いいえ、違うわ」

優蘭は首を横に振る。

「妃様方から預かった情報を、もらってきて欲しいのよ」

二人が顔を見合わせて頭に疑問符を浮かべるのを、優蘭は満面の笑みと共に眺めていたのだった。

＊

それから二日後の早朝。馬車に揺られながら、優蘭は今朝方璃美経由でもらった資料に目を通していた。

「うんうん……今のところ本人たちを見つけられてはいないけれど、周辺住民の話は聞けているみたいね。良かった」

どうやら、ふた月ほど前から変な人間が出入りをしていたらしい。変な、というのは全身を襤褸の被り布で覆っていたからだ。確かにそのような格好をしていたら怪しい。

尚且つ、近隣住民がそれを覚えていたのはあるものを落としていったからだそうだ。

あるものというのは、寺院のお守りだ。純白の布に柊と茉莉花の花が銀糸で刺繍されたもので、割と新しいらしい。寺院ごとに使う布や刺繍が違うが、決まっているのは州ごとに色が違う点だ。

白い布を使ったお守りを作っているのは、柊雪州のみ。つまりこれは、柊雪州のどこかにある寺院で作られたものだということだ。

さすがにどこの寺院かは分からなかったが、璃美が「任せて頂戴な」と言ってにこにこしていたので、まあ恐らく分かるのだと思う。なのでその証拠品に関しては、任せておいて問題なさそうだった。

報告書に一通り目を通した優蘭は、ふうと吐息した。

外部と内部。そのどちらにも一先ず繋がりができた。優蘭が外泊許可をもぎ取って外に出た宦官たちも、なんとかやっているらしい。

大丈夫だと思うけれど……色々な意味で不安だわ……。

不安なのは調査のほうではなく、五彩宦官の安否のほうだ。玉商会の面々は、割と鬼畜な教育方針をしている。なのでそれはそれは揉まれて帰ってくるのではないかと思っている。

同時に、玉商会と珀家――その中でも璃美を組み合わせることは、本当にいいことなのかというまた別種の不安もあった。

もしかして私、あんまり組み合わせないほうが良い二人を合わせてしまったのでは？

そう思ったが、後の祭りだ。特に優蘭の母は、自身が納得する情報を得られるまで止まらない馬車馬のようなところがある。璃美もやられたらやり返すと言っていたので、どうなることやら。

とにもかくにも、外部情報に関して優蘭がとやかく言うことはなさそうである。

それに安堵しつつ、優蘭は皓月との時間が取れていないことに不満を覚えた。

こういう非常事態に限って、皓月と会えないのは本当に間が悪い。皇帝への苛立ちだけが募った。こういう場合は大体皇帝が悪いと、優蘭は知っている。そのため少しばかり悶々とした気持ちを抱えながらも、それをおくびにも出さずこうして仕事場へとやってきたのだが。

なんだか、今日の後宮は普段より騒がしい。その騒がしさは、優蘭が入ってきた頃死んだと嘘の情報を流され、奇異の目で見られたときと似ていた。

否、正直言ってそのときよりもひどいかもしれない。

嫌な予感が、する……。

優蘭が少しばかり勇み足で、健美省のある水晶殿へと向かっていたときだ。慌てた様子の梅香が水晶殿から飛び出してくる。優蘭の姿が見えてきたため、急いで外に出てきたのだろう。足がもつれ倒れそうになり、それを優蘭がすんでのところで受け止めた。

その顔は今までにないくらい切羽詰まったもので、胸の内側に嫌な感情がにじみ出す。

「ちょ、ちょう、かん……」

「落ち着きなさい、梅香。……どうしたの。何かあった？」

「そ、れ、がっ」

梅香はかすれた声でそう言って。

そして、顔をくしゃくしゃにゆがめて言う。

「れい、げつ、が、」

「……麗月が、どうしたの」

「麗月が、公主だっていう証拠が、出たって……っ」

「…………は？」

「内食司以外の女官長が、その証拠を確認したって……そういう情報が、今流れてて」

全身から、血の気が引いたような気がした。何が起こっているのか分からず、優蘭は思わず空を仰ぎ見た。

今にも雪がちらつきそうな、灰色がかった空。

ねえ、皓月。今後宮では一体、何が起こっているの……？

その疑問に対する答えをくれる人は、いない。

第四章　寵臣夫婦、すれ違う

『蕭麗月には、公主の証が刻まれている。』
その情報が内食司女官長を除く全ての女官長によって流れ始めたことで、後宮内の様相は一変した。多くの女官や後宮妃たちが、麗月という女官に大きな嫌悪感を抱くようになったのだ。

今まで疑惑程度のものでしかなかった情報に信憑性が出たのだから、それも仕方ない。だが皓月が言っていたこととは真逆のことが起き、優蘭は困惑する。

皓月から聞いた当初の予定では、麗月の公主疑惑はここでいったん沈静化するはずだったのだ。それは、一部の人間しか知らない皇族の秘密によるものである。

『黎暉の血を継ぐ皇族、その身に証宿りし』

古くから密かに言い伝えられているその言葉通り、皇族には体のどこかに焼き印が押されるのだとか。その証を持たない者は、たとえ皇族の血を本当に継いでいたとしても皇族と認められないという古くからの決まりごとがあったらしい。

そのため、替え玉の麗月の身にその証がないことを証明すれば、麗月公主疑惑は一瞬で片が付く問題だった。そのはずだった。

なのに、一体どうしてこんなことに……。

優蘭が必死になって後宮内の情報集めに奔走する中、一日、一日と時が経つごとに情報はめまぐるしく変化していく。

『毒殺未遂事件を起こしたのは、蕭麗月だ。』『蕭麗月の後見人は珀皓月。』『珀家は皇帝を害そうとしている。』『公主は珀家に匿われていた。』『公主ともども罰すべきだ。』『断罪されるべきだ。』『珀皓月が皇帝に謀反を企てている。』『平和を乱す存在に罰を!!』

『珀優蘭は珀皓月の謀反に利用されている。』『これだけ色々なことをしてきたのに可哀想。』『珀優蘭は被害者。』『珀優蘭は不憫だ。』

そのどれもが、悪意に満ちた噂話だ。しかし、優蘭は思う。

気持ちが悪い。

気持ちが悪い、と優蘭は嫌悪した。今まで何をしたって悪いほうにしかとられなかったのに、この期に及んで今更優蘭を擁護？　しかも被害者だと？　そんなに簡単に、優蘭に同情し始めるのか。

その代わり、麗月と皓月のことは加害者、謀反を企てようとしている愚か者、罰すべき存在とまで言っている。

今までなら、優蘭を悪女としていたのに。皓月に皆同情していたのに。

優蘭は、ぎりっと歯を食いしばった。

これは明らかに、人為的にもたらされた情報誘導だ。誰かが皓月を意図的に陥れ、優蘭の存在を意図的に被害者の位置にいくよう噂を流している。そして皓月に関する情報が後宮内だけではなく宮廷内にまで届いているところを見る限り、誰かがそれを助長させているのではないかと優蘭は思った。

何よ、それ。

しかも、皓月は忙しくて一向に帰宅しない。最後に会えたのは優蘭が目を回して倒れたあの日だけだ。それは麗月も同様で、意図的に誘導されているかのように優蘭は皓月に会えなかった。部下なのに、だ。代わりに内食司女官長である可馨（かきょう）経由で身の安全の保証や情報などは回されてくるが、それで安心など到底できない。代わりに不安と怒りがこみ上げ、優蘭はここ数日ずっと神経を尖（とが）らせていた。

明らかに避けられている。それは分かる。

なら、それは何故（なぜ）だ。

私、信頼されていないの？　嫌われているの？　それとも何、なんなのこれは。

今まで、たくさんのことを二人で協力してやってきたのに。それすら夢のような、まるでもともとなかったことのようになってしまったようだ。悲しくて悔しくてやるせなくて、胸の内側を搔き毟りたくなるようなそんな衝動に襲われる。

少し前まで、あんなにも楽しく笑い合っていたのに。

皓月が、こんなにも遠い。

＊

そんなふうに思い悩んでいる最悪の時期に、今最も顔を合わせたくない相手が水晶殿にやってきた。

内侍省長官・蔡童冠だ。

彼は何故か、内食司女官長以外の女官長たちを侍らせている。まるで自身の女だと言わんばかりの態度に、優蘭は青筋を立てた。

何様のつもりだこの男。

こればかりは、皇帝に告げ口したほうが良いような気がする。女官長も含めて、皇帝の花の一輪だ。

でもやるならば、時期を見定めてからにしましょう。

内心でそうめらめらと復讐心を燃やしつつも客間に通してお茶の用意を梅香に任せていると、童冠が鼻で笑った。

「いやはや。自慢の部下が大変だな！」

「……と、言いますと？」

「麗月とかいうあの女だよ。前々から怪しいと思っていたんだ。美人だが愛想がなかったからな、何かやましいことがあると思っていた」

ほう？　つまりは、麗月……もとい、皓月にちょっかいをかけたことがあるということかしら？

しかも言い方からしてみて、ろくなことではない。優蘭の愛想笑いも、より一層輝くというものだ。腹立たしいことこの上ない。

梅香が今にも射殺さんばかりの眼差しでお茶を置いていくのを見送りつつ、優蘭は膝の上で組んだ手に力を込めた。

「そのようなことを言うために、わざわざ水晶殿にいらっしゃったのですか？　ご苦労様です」

「……そんなわけがないだろう」

チッとあからさまな舌打ちをしてから、童冠は勝ち誇ったような顔を見せる。

「なんだ、どうせ今回の件で女官長たちに対して話を聞きに行くだろうと思ったから、わたし自ら女官長たちを集めてきてやったのさ。感謝して欲しいぐらいだな」

「……なるほど。どうもありがとうございます、蔡長官」

そう笑ってから、優蘭は女官長たちを見た。びくりと、内服司と内居司の女官長が肩を震わせる。あからさまにびくついているのを見る限り、何かあることは明らかだった。

「で、出回っている情報が全てです……」

「は、はい……それ以外で、わたしから言うことは何もありません」

早口で聞いてもいないことを告げる辺り、彼女たちは嘘をついている。

そのことを確認した後、残り二人に視線を向けた。優蘭の視線を感じた内官司女官長・張雀曦は曖昧に微笑む。

「同じく……ですね」

「……そうですか」

特にこれと言って表情を変えるようなこともなく、雀曦はそれっきり何も言わない。

正直言って何を考えているのか最も分からない女性であったが、今はそれを言及するときではない。そう思った優蘭は、今自身の中で一番問題視している人物——内儀司女官長・姜桂英のほうに顔を向けた。

そう。優蘭にとってはどんな理由であれ、桂英が本当に優蘭を裏切ったのかどうかが重要だった。だって彼女が裏切っていたら、優蘭は味方を一人失うのと同時に情報提供のために使っている書庫を使えなくなる。

だから、ばれないようにそれを確認する必要があった。

「……内儀司女官長様も、同じような感じでしょうか？」

敢えて普段とは違った呼び方をして優蘭は首を傾げる。そうすれば、桂英は一つ、二つ、と瞬いてから無表情のまま言った。

「……そうですね」

真っ直ぐとした眼差しで言い切る桂英。その顔をじっと見つめつつ、優蘭は口を開く。

「私がその話を部下から聞いたのは三日前です。そして、内儀司女官長様とすれ違ったのは昨日……書庫で、でしたね。そのときに仰っていただいても良かったのではありませんか？」

昨日私に、書庫でいつも通り情報提供をしてくださいましたよね？

そう桂英に問いかけつつ、童冠が『書庫』という単語に反応するのかどうかを試す。

そうすると、桂英は少し考えるように俯く素振りを見せてから、緩やかに頭を下げた。

「……申し訳ございません。ですがわたしだけが先にお話をしてしまうと、他の方と足並みが揃わないと考えたのです。なのであの場ではそのまま立ち去らせていただきました」

「……つまり、情報を制限されていたのですね」

「……そういうことになりますね」

優蘭は桂英と童冠の両方を見、桂英が無表情、童冠がふんぞり返って満足そうにしているのを確認してから頷いた。

「皆様。わざわざご足労いただき、ありがとうございます。これで確認のために皆様の職場にまで赴く手間が省けました。蔡長官の配慮の賜物ですね」

「ふんっ。もっと感謝してもいいのだぞ」

「ふふ、ありがとうございます、蔡長官。……ええ、全て承知しました。——全て」

優蘭が焦って調子を崩すと思っていたのか、童冠は心底残念そうに片眉を上げていた。しかし言いたいことを言い切った上に優蘭から一応感謝の言葉を聞けたこともあり、おおむね満足したようだ。女官長たちに「行くぞ」と命令すると、立ち上がる。

「それでは、これで失礼する」

これでもう、健美省も終わったな。

最後にそんな捨て台詞を吐いていなくなった童冠と女官長たちを笑顔で見送った優蘭は、ふう、とため息を吐き出した。

あの男、私がどんな反応を示すのか試すためだけに来たみたいね。

暇なのか分からないが、あの男にぴったりの役割だと優蘭は思った。人を苛立たせる天才だと思う。

同時に、時期がいやらしい。というのも、麗月は三日前から皇帝の命令ということで拘束されていた。そのため優蘭は、麗月本人と会うのを制限されていたのである。

牢獄に拘束したとして、皓月の負担を軽減するべくこれ以上後宮へ向かわなくても済むようにしている。そう玄曽から教えてもらっていなければ、優蘭はもっと取り乱していただろう。

が、事態が悪化していることは変わりない。

「また、ややこしくなってきたわね……」

そうぼやいてから、梅香が淹れてくれた冷めたお茶を口に含む。冷めていたからか、緑茶の味がいつもより苦く感じた。それに眉をひそめつつ、背もたれに身を預けながら腕を組む。

早く皓月と会って話したいのに、全然会えない……っ。

あれから、皓月は屋敷に帰ってきていなかった。諸々の対応に追われており、ずっと宮廷にこもりっきりらしい。それがとてももどかしく、歯噛みする。

かといってこのまま何もしないというわけにはいかない。とにかく、一つでも多くの情報を集めなくては。

そのために、優蘭は今日も昼餉の後に書庫へと足を運んだ。

＊

「どういうことですか、皓月っ！」

麗月公主疑惑が確証に変わってから、早一週間。

情報を手に帰宅した優蘭は、一足早く帰宅して居間で寛いでいた皓月に向けてそう言い放った。怒りと悲しみをごちゃまぜにした感情が一気にこみ上げてきて、そんなに走っていないのに息が上がってしまう。

それなのに、皓月の顔を見た瞬間浮かんだのは安堵で。胸の奥から、何かがこみ上げそうになる。優蘭は思わず口元に手を当てた。

目の下に隠しきれないほどの隈があり、胸が締め付けられる。

通常時にもかかわらずわざわざ化粧をして隠しているようだが、疲労の度合いが濃い。心なしか、髪の艶もあまりよくないように見えた。

優蘭が思わずたじろぎ、ぐっと奥歯を噛んでいると、皓月が柔らかな笑みを浮かべる。

「おかえりなさい、優蘭。夕餉はもうできていますから、食べてくださいね」

「……ただいま戻りました。ですが夕餉より、私は皓月と話がしたいのです。……後宮内での噂の件。あれは一体どういうことですか。上手くいくとおっしゃっていたではありませんか。なのになぜあんなにも悪化しているのですか……！」

最後のほうはほとんど、質問と言うよりかは尋問という体になってしまっていた。しかしそれくらい、優蘭は動揺していたのだ。皓月が何を考えているのか、これっぽっちも分からなかったから。

それなのに、皓月は恐ろしいくらい穏やかな顔をして優蘭に手を伸ばす。

「優蘭、落ち着いてください。説明なら、優蘭が食事を終えてからしますから……」

多分きっと、興奮する優蘭の背でも撫でて宥めようとしてくれたのだろう。しかしだからこそ受け入れられなくて、優蘭は大きく体を引いて皓月から距離を取った。

今の優蘭に、何を言っても駄目だと悟ったのだろう。皓月は少しだけ困った顔を見せてから、優蘭に席に着くように促した。

「分かりました、話します。ですから、一度座ってください」

「……分かりました」

渋々、優蘭は皓月の向かい側の席に腰かける。それを見届けてから自身も席に着いた皓月は、一つ一つ話を始めた。

「まず……優蘭が一番気になっているであろう、公主疑惑払拭作戦についてですね」

「はい」

「こちらですが……作戦通り、女官長を呼び皇族証明をさせていただきました。こちらに、そのとき捺印していただいた書類があります。つまり女官長たちの証言は、全て虚言だということですね」

差し出された巻物を受け取った優蘭は、それを急いで開く。そこには確かに、五内司ある全ての女官長の署名と血判が押されていた。その中に内儀司女官長・姜桂英の名前もあり、胸が締め付けられる。

それなのに何故、女官長たちが虚偽の話を流したのか。あの桂英さえもそれを行なっているところを見るに、答えは一つだ。

「つまりこの一件の裏には、女官長たちを脅して虚偽の申告をさせた人たちがいる、ということですね」

「はい。そしてそれが誰なのかは、見張りをさせていた女官からの情報で分かっています。――内侍省長官、蔡童冠。彼が女官長たちの弱みを握り、脅し、無理やり言うことを聞かせている」

あの男か……！

優蘭は、麗月の件を伝えるために女官長たちを引き連れ健美省に先日やってきた、憎々しい宦官の顔を思い浮かべた。

そうなると、なおのこと疑問がわく。どうしてこれを見せて、自身の無実を証明しないのか、だ。

「どうしてこれを証拠に、噂話が事実無根だと訴えなかったのですか」

「あそこまで広まってしまえば、こちらがいくら証拠があると言っても完全に疑惑を払拭することはできません。それに、わたしたちに脅されて無理やり署名をさせられた、と言われてしまえばそれまでです」

「確かにそうですが……」

「それに、大衆は同じ話題で真逆の話が出た場合、より自分たちにとって都合の良いほうを信じます。彼女たちにとってそれは、『麗月が公主で、毒殺未遂事件の犯人』だということだったんですよ。そうしたら、麗月さえいなくなれば全て解決するわけですから」

その意見に対し、優蘭は何も言えなかった。まったくもってその通りだったからだ。

しかも現在後宮内は、毒殺未遂事件による恐怖で染まっている。それは、人間から正常な判断を奪うのに十分すぎるほどの要素に成り得た。

ぎりっと、優蘭は歯を食いしばった。

「……皓月。申し訳ございません……私の力が及ばず……っ」

皓月がこのような行動に出たのはひとえに、優蘭が毒殺未遂事件の犯人を見つけ出すのが遅かったからだ。

実際、情報自体は集まっていたが、肝心の元毒味役たちの行方が未だに分からない状態だった。どうやら巧妙に隠されているらしい。

その上、この季候が問題だった。雪が多く降り積もると、州と州を繋ぐ道も閉ざされる。普段なら半日あれば辿り着けるところに一日がかりでしか行けないのも、捜索が難航している理由の一つだった。そしてそれも、犯人たちの思惑通りなのだろう。優蘭は見事、手のひらの上で転がされた。

しかしこんなものは、当事者たちからしてみたら所詮言い訳でしかない。

だから、麗月が犯人だという話を信じた。

ただ、それだけの話だ。

ぎりっと、優蘭は歯を食いしばった。

「これは、私たち健美省の……ひいては私の失態です」

悔しい、悔しい。

してやられたこともそうだが、皓月が今まで麗月として行なってきたことすら否定されたようで、それが歯がゆくてたまらない。自分が無力なことを改めて突き付けられたような気分になった。

そんな優蘭を見た皓月は、焦ったように体を前に傾ける。

「そ、そんな……優蘭が謝ることではありませんよ」

「ですが……っ」

「いいえ、本当に、優蘭が謝ることではないのです。だって——その後の『噂』は、わたしが故意的に流させたものなんですから」

——は？

一瞬、頭が真っ白になった。何を言われたのか、分からなかったからだ。

そんな優蘭の様子に気づかないまま、皓月は口早に言葉を重ねる。

「そもそも、『蕭麗月』というのは宦官長の悪事を探るべく意図的に作り出した存在だったのです。ですが宦官長はなかなか尻尾を出さず、わたしたちも手をこまねいていたのです。そしたら、こうして麗月を陥れる形で尻尾を出してきた。ですからこれは、とっておきの機会なのです」

「……囮になられるおつもりだったと。そういうわけですか」

「はい。不覚にも利用させる形となってしまいましたので、折角ならそれを利用しようと思いまして」

皓月は、どことなく嬉しそうに話を続ける。

「もともと、向こうがこちらを陥れてくることは分かっていました。なのでわたしたちも、それに乗っかる形で噂を流したのです。そうしましたら、向こうもそれを助長させてくれまして。とても助かりました」

その言葉を聞いて、優蘭は何故か璃美の言葉を思い出していた。

『それにね、皓月は……自分の在り方そのものが嫌いなの』

在り方そのものが、嫌い。それを噛み締めるように頭の中で咀嚼する。

優蘭がそんなことを考えている間にも、皓月はなおも声を弾ませた。

「恐らく、もともと珀家を陥れたかっただけなのでしょうね。そしてそのために、優蘭の周りから弱点になりやすそうな麗月を選んだだけだったようです」

『だから、自分を大切にしないしようとしないのよ。自分自身を大事にできない人に、大切なものを守ることはできないって何度も言っているのに』

「そのためか、優蘭に関してわたしたちのほうから行なった情報操作に関しては特に手を入れられなくて助かりました。初めからわたしを狙えばいいのに……本当に申し訳ありません」

『……そのくせして、守らなきゃいけないものが分かっていないの。仕事に関しては器用なのに、自分のことに関しては不器用なのよねえ』

「ですが、お陰様で優蘭に及ぶ害が減ったという話を伺って安心しています。何かあったら是非とも仰ってくださいね」

『まるで、何かの罰を自分に課しているみたいね。——そんなこと、誰も望んではいないのに』

パチンッパチンッと。まるで泡が弾けるように。先日璃美から言われた言葉たちが頭の中に浮かび上がっては溶けていく。

優蘭は改めて、皓月のことを見つめた。

にこにこ、にこにこ。とても嬉しそう。

そう、本当に嬉しそうだったのだ、皓月は。自身の立場だとか身が危ういというのにもかかわらず。まるで自分のことなどどうでもいいかのようだった。優蘭にはそれがとても恐ろしいものに見える。

なんで、そんなに。私のことは守ってくださるのに。

ご自身のことは、要らないモノみたいに言うんですか。

そんなことはない、そう言いたい。でも、喉が細かく震えるばかりで上手く言葉にならなかった。

皓月が、遠い。とてもとても。

それを認めたくなくて、優蘭は必死になって皓月に向けて手を伸ばした。今ならまだ届くと、信じたかった。

そんなことはないですよね？

そんな、すがるような思いを込めて。

優蘭は言葉を紡ぎ出す。

「あ、の、皓月」

「はい、なんですか？」

「……その、情報操作って……皓月が麗月の後見人だとか……麗月が毒殺未遂事件の犯人だとか……わ、私が、被害者で可哀想とか……っ！　そう、いう……っ？」

思わず声が震えてしまった。そうあって欲しくないと、そのような方法で守って欲しくはなかったと心の底から思ったからだ。

なのに。

「はい、そうです」

そんな、なんてことはないふうに言って。

笑うから。

――ガタンッッッッ!!

ひときわ大きな音を立て、優蘭は立ち上がった。

椅子が倒れる。しかしそれを気にする余裕などなく、優蘭は叫ぶ。

「どうして、そんなことをしたんですかッ!?」

この屋敷に越してきてから初めて、こんなにも大きな声を出した気がする。皓月が驚き目を丸くしていたが、優蘭は止まらなかった。否、止まれなかったのだ。

それくらい、今まで溜めてきたものが多かったから。

「何故! よりにもよってあなたが! 信頼を投げ捨てるようなことをなさったのです!!

何故、あなたが!?」

「ゆ、優蘭っ……」

「信頼は、皓月が今まで大切に大切に積み上げてきて、こつこつ溜めてきたものです。言わばあなたの宝、絶対なる実績です! そのことを、あなた様はお分かりになられておりますか!?」

「それ、は……確かにそうですが、ですがそれ以外に方法が……」

「いいえ、ありました。絶対にありました。ないのであれば、相談していただけたら私も一緒になって探しました！　それだけは、それだけはあなた様が捨ててはいけないものだったからです!!」

信頼。信用。義理。

それは、金銭でのやり取りができない唯一無二の宝だ。一度でも失敗してしまえば、それらはいとも簡単に崩れてしまうとても儚いもの。

だから優蘭は金銭以上に、人と人との繋がりを重要視する。それはときにありとあらゆる無理難題、絶体絶命の危機をひっくり返す力を秘めているからだ。

だから、それを大切にして今まで積み重ねてきた皓月がそれを捨てようとしていたならば絶対に止めたし、別の方法がないか死ぬ気で探した。その価値を誰よりもよく知っているからだ。そういう奇策を講じるのは慶木くらいで十分だ。

なのに、何故。

よりにもよってあなたが。あなた自身が。

それを、捨ててしまったの。

――ぽたり。

大粒の涙が、頬を伝って落ちていく。幾重にも重なっていくそれを、皓月が信じられないものを見るような顔で見ていた。目を白黒させ、手を伸ばそうかどうしようかと悩んでいた。どうしたらいいのか分からないようだった。

しかし何か言わなければならないと思ったのだろう。恐る恐る口を開く。

「ですが……わたしは、優蘭が考えているほど器用ではありません。ですから……何かをなそうとするのであれば、何かを捨てればならないと思ったのです」

「そうして捨てたのが、右丞相としての立場と珀家次期当主としての立場だとっ？　そうして得られたものは、皓月が今まで積み上げてきたものと同等の価値があるものなのですか、本当にっ!?」

「っっっ！　当たり前ですっ！　わたしが守りたかったものは、それらすべてを懸けてようやく釣り合うくらい、かけがえのないものです……！」

皓月がここまで感情をあらわにした姿を見たのは、初めてだった。つまり皓月が何がなんでも守りたかったものは、彼にとってはそれだけの価値があるものだったのだろう。

しかしならば、それならばなおのことだ。何故、両方守ろうと思わなかったのだろう。

皓月には、それだけの能力があるのに……！

優蘭が許せないのはそこだった。先ほどから何やら御託を並べているが、それができないと考えているのは皓月だけではないのだろうか。

ふつふつと沸き上がる剝き出しの怒りを抑えることなく、優蘭は吼える。

「なら！　そんなに大切なものならば!!　どちらもまとめて守ってくださいっ!!　あなた様ならばそれくらい余裕でできるはずです！　いえ、やっていただかないと困ります。だってそれだけの能力があるんですから！」

「それ、は、」

皓月が息を吞む声が聞こえたが、構わなかった。今はただこの焼けつくような痛みを帯びた衝動をぶつけたい。それだけ。

優蘭は大きく息を吸い込み、声を低めた。床を這うような声が漏れた。

「もしそれができないとおっしゃられるのであれば……私が。蕭麗月を殺します」

「……え」

「これ以上事態を悪化させないためにも。今回の一件の元凶である麗月の存在を、私がこの世から消し去ります。……絶対に」

そう言い残し。優蘭は居間を飛び出した――

走る、走る、走る。衣の裾を摑み、足をもつれさせながらもどこに行くでもなく走った。

こんなにも子どものようにがむしゃらに走って息も絶え絶えになったのは、一体いつぶりだろうか。

吐く息が、白い。呼吸をするたびに冷たい空気が直接入ってきて、肺に突き刺さるかのようだった。

足を止めたのは、喉が痛くなり咳(せき)が出た辺りから。げほげほと咳(せ)き込みながら辿(たど)り着いたのは、春頃に鈴春(りんしゅん)の件で悩んで一人になろうとやってきた中庭だった。

そう言えば以前は、皓月が来てくれたのよね、とぼんやりとした頭で思う。

振り返ってみたがもちろん、皓月の姿はなかった。当たり前だ、あんなことを言ってしまったから。

それでも。

優蘭には耐えられなかった。

「……ふ、ぅ……っ」

先ほどの、皓月のなんてことはないという顔を思い出してしまったからか、乾いていた涙がぶり返してきた。ずるずると床に座り込み、ぎゅっと手を握り締める。

何故だろうか。優蘭自身が誹謗(ひぼう)中傷を浴びていたあの頃よりずっと心が痛いし、自分のこと以上に悔しく悲しい気持ちになる。

信じていたから、かしら。

信じていて、それを裏切られたからこんなにもつらい気持ちになっているのだろうか。

否、それは少し違う気がする。商売をしていれば裏切られて利益をふいにすることなど山ほどあった。でもそのときだって、こんなにも悲しくなることはなかったのだ。

それと同時に、皓月にそうまでして守ってもらったことに自分自身に対する怒りがわいてきた。

皓月にそこまでさせるほど追い込まれていたのは、私だ。

つまり、今回の一件が起きたのは優蘭のせいということになる。

そんなことをぼんやりと考えながら、すっかり寂れた中庭を眺めていた。春頃は緑が生い茂る木々がさわさわと優しく揺れていたのに、今ではすっかり枯れて幹と枝だけが残っている。連日で降り積もった雪が地面を白く染めていた。最近忙しかったからか、こんなにも降っていたのかと少し驚く。

……何をやっているんでしょうね、私。

何もかもが八方塞がりだ。なのに結果として、優蘭だけは皓月から守られる形になっている。情けない。

色々な感情が合わさってごちゃごちゃになる。思わず頭を抱えてうずくまったときだ。

「こんなところで寝ちゃったら、風邪引いちゃうわよ？」

「……え？」

ふわりと、肩掛けをかけられた。

思わず顔を上げると、そこには笑顔の璃美がいる。彼女は優蘭の顔を見ると、さらににっこりと笑みを深めた。

「ここは寒いし、中に入ってお茶でもしましょうか」

＊

「皓月のお茶、適当に持ってきちゃったわあ。しかも高いやつ。でもいいわよね～」

そんなことを言いながら、璃美は自身が今使っている部屋に優蘭を招き入れた。部屋はとても暖かく、冷え切った体にじんわりと沁みていく。優蘭はとりあえず、促されるままに円卓の前に腰かけた。

すると、湘雲が入ってきて湯を張った桶を足元に置いた。「失礼します」と断りを入れつつも、湘雲が問答無用で優蘭の足を湯につけた。足が冷えすぎていたのかじぃんと痛い。思わず顔をしかめると、湘雲が今度は湯につけた布を優蘭のふくらはぎに巻き付けてくる。そのため、今までにないくらいの完全防備になった。定期的に取り換えてくれるので冷めることもなく、さすがと言うしかない。

「奥様。あまりご自身のお体をぞんざいに扱わないでくださいませ。奥様の体を管理しておりますのはわたくしです。にもかかわらず凍死、ということになれば、わたくしが罰を受けることになります。それは奥様としても本意ではございませんでしょう？」

「はい……」

毎度のように思うのだが、湘雲の言うことはどうしてこんなにも正論なのだろうか。尚且つ、優蘭が一番困るやり方で攻めてくるので抗えない。

しかし湘雲の正論は不思議と、心に刺さらないのだ。それは恐らく、湘雲自身が言い方に気を配っているからだと思う。特に今回は口調が優しく、優蘭を労わっての言葉だということがありありと分かった。

膝の上にもひざ掛けを置かれ、体が全体的にぽかぽかと温まってくる。

優蘭があまりのぬくもりにうつらうつらし始めていると、湘雲はついでてきぱきと円卓の上に食事を並べた。千切り生姜が載った鶏粥、青菜頭の漬物、水餃子。どれも出来立て熱々で、美味しそうに湯気を立てている。

ぐう。腹の鳴る音がして、優蘭は顔を赤らめた。そういえばまだ夕餉を取っていなかったことを思い出す。

そんな優蘭を横目に茶を淹れながら、璃美は肩をすくめた。

「優蘭ちゃん。先にご飯を食べていなさい。お腹が空いてるときって、どうしても気持ちが塞ぎ込んでしまうから」

「……はい。いただきます」

璃美の言う通りだった。腹が減っては戦はできぬ、ということわざにもある通り、人間は食事を抜くと悪いほう悪いほうに思考が働いてしまい余計身動きが取れなくなってしまう生き物である。

食べることは生きるということ。

どんなに悲しいことがあったって、これから待ち受けているものがなんであったとしたって、優蘭の人生はまだまだ続く。

なら今ここでうじうじ考えているより、さっさと食事をして切り替えていかねば。

そうして一匙（さじ）すくい取った粥を口に含めば、鶏の出汁（だし）が効いた温かい粥が体の奥底に落ちてきた。生姜のお陰か、体温がぐんっと上がる。生姜の効果はさすがといったところか。額にじんわりと汗がにじむ。

箸（はし）休めとして青菜頭の漬物をぱりぱり。水餃子を嚙（か）めば中からじゅわりと肉汁があふれ出した。予期せぬ熱さに火傷（やけど）をしそうになり、はふはふと慌てて熱気を逃がす。つるんとした皮がもちもちで、とても美味しい。餡（あん）に使われているのは、豚挽（ひ）き肉と海老（えび）、蓮根（れんこん）だろうか。触感の違いがあって楽しかった。

そうやって無心で食事を口に含んでいたら、いつの間にか璃美が正面に座っていた。

両肘（りょうひじ）をつきながらにこにこと満面の笑みを浮かべ、何が楽しいのか分からないが優蘭が一心不乱に食事をするのを見つめている。

優蘭は一瞬、食事を喉に詰まらせかけた。

すんでのところで耐え、曖昧に微笑む。

「ええっと……どうかいたしましたか、お義母様？」

「ふふふ、いいえ？　とても美味しそうに食べるから、つい観察したくなっちゃって」

皓月は美味しそうにご飯を食べたことないのよねえ、と肩をすくめる璃美。それを聞いた優蘭は思わず首を傾げてしまった。

皓月って、そんなだったかしら。

なんだかんだと、いつも楽しそうに食事をしていたように思うのだが。そう思いつつも、最後の一匙を口に含み咀嚼する。皿はきれいさっぱり空になった。

すると、璃美が優蘭に食後の緑茶を差し出しながら言う。

「さて、と。それで、皓月の件なのだけれど」

「……はい」

ごくりと、優蘭は固唾を呑んだ。

璃美のその言及に関しては、優蘭の想像通りだった。あれだけ居間で大声でやり取りをしていれば、いくら璃美に当てがわれた部屋が遠かろうと聞きつけるだろう。

今回はさすがに怒られる……わよねえ……。

皓月に対してあれだけはっきりとひどいことを言ってしまったのだ。璃美に怒られるのも当然だろう。もしかしたら嫁として不適切な発言だったとされ、離縁なんていう話になってしまうかもしれない。

しかし今回の出来事は、もとはと言えば優蘭が蒔いた種だ。ならばそれを甘んじて受け入れるのは当然。

そう思い、首を切られるような心地で次の言葉を待っていた。

なのに。

「……ごめんなさい。そして、本当にありがとう」

「……へ？」

返ってきたのは、まさかの謝罪と感謝の言葉で。しかも璃美の眉は八の字になり、とても申し訳なさそうな、やるせない表情をしていたのだ。あまりのことに、優蘭は数拍おいてから目を瞬かせる。

「ええっと……何故、お礼と謝罪なんでしょう……？」

むしろ、怒られる可能性のほうが高いはずなのに……。

色々な意味で動揺する。心を落ち着かせようと緑茶の入った碗に触れようとして、あまりの熱さに指先を火傷しかけた。

そんな優蘭を見て少しばかり緊張が取れたのか、璃美はかすかに笑みを見せる。

「……今日の皓月。びっくりしたでしょう、優蘭ちゃん」

「は、へっ。え、ええ、まあ……」

「どんなところに驚いて、優蘭ちゃんは怒ったの？」

「え？　それ、は……」

改めて璃美に聞かれ、優蘭は視線を彷徨わせる。

正直あのときは、悲しいやら悔しいやら情けないやらでそんなことを考える暇なんてなかったけれど……。

優蘭は、皓月の。自身の夫の顔を思い浮かべた。

出会ってから半年と少し経つが、かなり濃い毎日を二人で協力して乗り越えてきたと思う。いつだってどんなときだって、皓月はとなりにいて支えてくれた。

鈴春の件で自身の無力さに気づいたときは、優蘭を労わりながら話を聞いてくれた。

優蘭が殺されそうになったときは、助けてくれた。しかも二回も。一回目は井戸に落とされ凍死しかけ、優蘭が目を覚ますまで側に付き添ってもくれた。二回目は前吏部尚書に殺されかけ、走馬灯が見えたなと思う。皓月が優蘭に対して怒ったのは、あのときが初めてだったように思う。

静華と勝負をしたときは、皓月がいなければ勝てなかった。あんなにもお茶に関する知識と舌を持っていたのは、優蘭が知る限り皓月以上にいなかった。それと同時に、以前の敗北を引きずり自身が負けることで優蘭が不利になることをひどく怯えてもいた。それでも、皓月は立ち上がってくれたのだ。そのときの彼の勇気を、優蘭は覚えている。忘れたりなどしない。

そして、明貴が離縁を希望しているということを伝えるべく優蘭が皇帝と相対したときは、逆上した皇帝が降り下ろした拳から身を挺して庇ってくれた。優蘭のために皇帝と喧嘩をしてくれた。大人げなく大泣きをしてしまったときは、優しく抱き締めてくれた。

そこまで考えて、優蘭はああ、と思う。

そっか。私がなんであんなにももどかしい気持ちになって、思わず叫んでしまったのって……。

「悲し、かったんです」

気づいたら、そう口にしていた。自然と言葉がこぼれていく。

「皓月が、あの選択をしたこと。相談してくれなかったこと。あの選択をした結果、私が守られる形になってしまったこと、皓月ならばもっといい選択をできたのにっていう期待と落胆、……全部が全部悲しくて、悔しくって……だから、怒ったんです」

「……そう」

璃美は少しだけ嬉しそうに笑ってから、さらに目を細めた。

「皓月のこと、そんなに大切に想ってくれてありがとう」

「……へっ？　え、ええっと、そのっ」

「あら、違っていて？」

「そ、それは……違いませんが……」

いざこうして言語化されると、なんだか恥ずかしいしいたたまれない気持ちになった。悪いことをしていないのに悪いことをしてしまった気分だ。

居心地が悪くなり、優蘭が思わず視線をあちこちに彷徨わせていると、璃美がぽつりと呟く。

「……皓月は昔からね。大切なものは一つだけしか持っていちゃいけないって思っているのよ」

「……え？」

「ふふ、不思議でしょう？　あんなになんでもできてたくさんの知識があって要領もいいし技術だってあるのに。でも、そこだけが変えられないのよ」

懐かしむように。そっと思い出を噛み締めるように。璃美はそう語った。その声色はとても優しくて、温かくて、でもどうしようもないくらいの寂しさを帯びていたように思う。それだけで、彼女の抱える心情が透けて見えるようだった。

「昔からそうなの。そこだけは、誰がどう言っても、何を言っても駄目でね……」

「え……それは、皇帝陛下が言っても……ですか？」

「ええ、そうなのよ。そして本人はそれがどんなにおかしいことかっていうのを、全く理解してないの」

お腹の中に何か熱いものを入れられたかのような、そんな言い知れない気持ちにさせられた。同時に、自身が先ほど言い捨ててしまったことが稲妻のように落ちてくる。

『なら！　そんなに大切なものならば!!　どちらもまとめて守ってくださいっ!!　あなた様ならばそれくらい余裕でできるはずです！　いえ、やっていただかないと困ります。だってそれだけの能力があるんですから！』

うわっちゃあ……。

今までで一番、言ってはいけないことをしてしまったのではないだろうか。

なんせ、皓月が今まで生きてきて変えられなかったものだ。それを変えてまでこの現状をどうにかしろとは、一体どういう了見だという話である。

恋愛感情とかない、政略上の夫婦間で言うことじゃあなかったわ……。

――ズキン。

自分でそう思っておいて、何故かひどい痛みが胸を突き刺した。それが何故なのか分からず困惑していると、璃美が改めて礼を言ってくる。

「ありがとう、優蘭ちゃん。優蘭ちゃんの言葉があったら、皓月も変われると思うわ」

「いやいやいや。私のこと、買いかぶり過ぎではっ？」

「ふふふ、そんなことないわよ？　だから優蘭ちゃんは皓月のことなんか気にせず、お仕事頑張ってくださいな。あの子にはあれくらいがちょうどいい薬だもの」

え、嘘お!?

皓月に対する問題をここで放置するのは、いささか危険ではないだろうか。

こういってはなんだが、皓月はそこまで精神が強いわけではない。それは静華との一件を顧みても一目瞭然だ。今この時期にそんなことで皓月の思考を邪魔するわけにはいかない。直ぐにでも謝るべきだ。

優蘭は璃美に負けるまい！と強い意志の下、ぶんぶん首を横に振った。

「いや、さすがに私も大人ですから、今から謝りに行ってきますよ!? 今回の件は確かに皓月も言葉足らずがありましたし相談してくれなかった点はいけなかったと思いますが、私にそこまで言われる筋合いはないわけですし！」

「いいったらいいの。夫婦なんですもの、喧嘩なんていくらでもするべきよ」

「それとこれとは話が違う気が……！」

ええい、ここまできたら強行突破だ！

そう思い、優蘭が立ち上がろうとしたら横から湘雲が音もなく現れる。

「足湯をしているのですから、そのまま立たれるのはいかがなものかと」

「あ、はい。すみません……」

しかし璃美以上の強敵にぴしゃりと一言言われてしまい、優蘭はそのまますとんと着席した。一方の湘雲は、優蘭の足を桶から引き上げ丁寧に水けをふき取り、温かい布靴を履かせてくれている。相変わらずの至れり尽くせりだ。

そんな世話焼きの湘雲に、璃美は悪戯っ子のような顔をして語り掛ける。

「あら湘雲、すっかり優蘭ちゃんのお世話が板に付いちゃって。今の主人は、あなた的にいかがかしら？」

「そうですね。璃美様ほど破天荒ではあられませんので、そう言った点では安心しておりますよ」

「ちょっと？」

「ですがこの通り、世話の焼き甲斐がある主人です。日々退屈いたしませんよ」

「……そ。なら良かったわ」

璃美は肩をすくめると、懐から文を取り出した。

「さてさて、優蘭ちゃん。皓月の件は一段落したから、別件の話をさせていただくわね」

「え？　いや、個人的にはまだ何も終わってないのです、」

「あなたに一つ、贈り物があるの。是非ともこれを今すぐ読んでくださいな」

いや、話を聞かないんかい！

まあ知っていた、そんなことは。しかし物申さないわけにはいかないわけで。

優蘭が今度こそ！と意気込み再び臨戦態勢に入ろうとしたときだ。問答無用で文を渡された。無言のまま「早く読んでね？」と言わんばかりの視線を向けられ、優蘭は渋々文の中身を検める。

しかしそこに記されていた文字を見て、ぴたりと動きを止めた。

この字って……お母様の字？

一本筋が通った、しかし女性的でしなやかな柳を思わせる字は、間違いなく自身の母親の字で間違いない。そしてそれを璃美が持っているということは。

五彩宦官と一緒にやっていた調査が、ある程度終わったということだわ。

瞬時にそう判断した優蘭は、数枚ある文を急いで読み始めた。

先へ先へと進むごとに、優蘭の顔が険しくなる。同時に、今まで得ていた情報が一気に整理され、一つの筋道となって優蘭の前に現れた。

文の末尾には、几帳面な字でこう書かれている。

『以下の調査結果を踏まえ、結論を下す。

——此度の毒殺未遂事件の被害者は、最初に被害に遭った賢妃の毒味役ただ一名のみである。』

……へえ？　なるほど、そういうこと。

簡潔で分かりやすい、とても母らしい結論だと思わず笑みが漏れてしまった。

しかしこれを公の場で公開して言及するとなると、かなり大変だろう。その場を改めて用意しないといけないし、もっとちゃんとした作戦が必要になる。

だが現状において、盤面をひっくり返すためにはなんとしてもやらなければならないことでもあった。それは優蘭がこれから後宮内で仕事を続ける上でも、また皓月にかけられている疑惑を排除するためにも、絶対に必要なことだ。

そしてそのためには、また璃美や母親を頼る必要が出てくる。

優蘭は息を吸い、ふうっと長めに吐き出した。そして璃美のほうを向き直る。

「……皓月の件、お義母様にお任せしても構いませんか？」

「ええ、もちろん。それにこういうのって優蘭ちゃんが謝っちゃうより、あたくしのほうでやり取りをしたほうが良いと思うのよね」

「……確かに、仰る通りですね」

優蘭は頷いた。今更だが、優蘭が下手に謝ったところで皓月の心に大きな打撃を与えたことには違いないわけで。ここで謝ったとしても、すっきりするのは優蘭だけなように思える。

ならば、と優蘭は喉元まで出かかっていた想いをぐっと押し込める。そして改めて璃美に視線を向けた。その目は先ほどまでとは打って変わり、真剣な。商売人であり後宮妃の管理を任された長官としての顔だ。

「それでは珀家当主夫人。改めてなのですが……仕事のお話をしてもかまいませんか？」

「あら、皓月の件はもういいのかしら？」

「良いと言いますか……私、思ったのですよね、お義母様」

優蘭は手を組みながら、にっこりと微笑んだ。

「皓月自身が問題を解決するより先に、私のほうで全てをひっくり返してしまえばいいのではないか、と。ほら、そうすれば皓月への負担はなくなります。一石二鳥でしょう？」

「……あら。じゃあ今回のお誘いは、盤上をひっくり返すためのお誘いということかしら？」

「そうです」

優蘭は先ほどよりも笑みを深めつつ、艶やかに微笑んだ。沸き上がりそうになる怒りをぐっと腹の奥底に沈めて、愉しげに。全てを上手に包み隠して笑ったのだ。

「それにほら、近々おあつらえ向きに『紫金会』なんていうものが開催されますでしょう？　上級官吏の方々が揃っている場なんて、そうそう用意できませんもの。ならそれを上手に活用して、倍返しにでもして差し上げようかと思いまして」

優蘭の表情と言葉を聞いて、璃美は一瞬目を見開いてから口端を吊り上げた。とても愉快そうな笑みで、なかなかに凶暴だった。黒曜石のような大きな瞳が、きらきらと宝石と見間違うばかりに輝いている。

「あら……優蘭ちゃんったら、とっても悪い子。そんなとっても愉しいお返しを考えているだなんて。素敵、ぞくぞくしちゃう」

「ふふふ。気に入っていただけたら良いのですが」

優蘭はそう前置きをして、璃美に自身が先ほどの調査結果を見て瞬時に考えた作戦の全貌を伝えた。話を進めるごとに璃美の表情は輝いていき、今にも踊り出しそうなくらい喜色を帯びる。最後のほうには、見たものすべてをとろかしてしまいそうな魔性の表情をしていた。

「あら……あらあらあらあらぁっ」

「ご満足いただけましたでしょうか？」

「ふふふ、もっちろんよ！　だって上手くいけば、今回の犯人たちに対してこの上ないぐらいの倍返しができるのでしょう？　楽しくって仕方がないわ！」

「それならば良かったです」

優蘭も、璃美を真似てにっこり。顔を見合わせて笑う。すると、ころころと鈴のような笑い声を上げながら璃美が首を傾げた。

「それで？　あたくしは一体何をしたらいいのかしら？」

にいっと。優蘭は唇を歪めた。

良かった。お義母様がとっても乗り気で。

そしてそんな、思わず乗り気になってしまうほどの作戦を提示できたことに喜びを覚える。商売人としての魂がじわじわと燃えていた。

そう、売られた喧嘩(けんか)は買うのよ。私はどこにいたって、商人のままなのだから。

そんな気持ちのまま、優蘭はゆっくりと口を開く。

「はい。珀家当主夫人には是非とも、証拠集めに付き合っていただきたいのです。――今回毒を服用して後宮を退出した方々の、証言を」

そうして得られる利益や相手に対する損失を考えて、優蘭はすっと目を細めた。

――ちゃりーん。

優蘭の脳裏に、久々に銭の鳴る音が聞こえる。

さあ、反撃準備を始めましょうか。

間章二　夫、ただ一人のために思考する

優蘭が飛び出していった居間で。

皓月はただ一人立ち尽くし、呆然としていた。

まさか優蘭があそこまで怒ると思わなかったし、最後にあんな言葉を投げかけられていなくなるとは思わなかったからだ。

それに……優蘭を泣かせてしまいました。

皓月が優蘭の泣き顔を見るのは二回目だった。以前泣いたときは明貴のことを思って泣いていた。そして今回は、皓月のことを心配して怒って泣いていた。

いつだって誰かのために泣く優蘭のことを好ましく、なおのこと好きになるのと同時に、自身がそこまでのことをしてしまったという事実に驚きを隠せなかった。

「わたしは一体、何を間違えてしまったのでしょう」

急いで考えて、答えを出して優蘭のところに行かなければならないと思うのに、肝心の頭が混乱しきっていて上手く動かせない。どうしよう、どうしよう。そればかり浮かび、焦りだけが募っていった。

それを見守っていた使用人たちが「これはだめだ、わたしたちがなんとかしなくてはならない……」と判断し皓月を風呂に放り込んで寝室へ押し込まなければ、今頃皓月はずっと、居間で考え込み頭を悩ませていただろう。

と言っても、寝室に放り込まれた後も皓月は寝台に入ることができず起きて考え込んでいたのだが。

両手を組みながら、皓月は優蘭とのやり取りを反芻していた。

『そうして捨てたのが、右丞相としての立場と珀家次期当主としての立場だとっ？　そうして得られたものは、皓月が今まで積み上げてきたものと同等の価値があるものなのですか、本当にっ⁉』

価値があるかどうかと言われたら、あると即答できるくらいには自信を持って言えた。

だってそれは、優蘭のことだから。

優蘭のことさえ守れれば、皓月は何もいらない。だから自身の黒い噂を後宮や宮廷にいる間諜たちに指示して積極的に流させたし、優蘭との婚姻関係を切るための準備はもう進めてある。もし皓月が失敗して浩然にしてやられることがあれば、離縁して優蘭のこれからに傷がつかないよう、最大限の配慮をするつもりだった。

彼女の笑顔さえ見られれば、それで良かった。元々、心身の痛みや他人からの悪意に対してさほど心を動かされない性格だった。なので自分がいくら傷つこうが構わない。

でも、それが優蘭になるとてんでだめだった。胸が苦しくて仕方なくなり、自分のこと以上に痛んでしまう。なのでここ最近皓月が青い顔をしていたのは、自身に向けられる悪意に対してではなく、優蘭への申し訳なさでだった。

だから皓月は、何がなんでも優蘭を守りたいと思った。

たとえその結果待っているのが、自身の破滅だったとしても。

優蘭が笑って生きてさえいれば、それでいいと思っていたのに。

優蘭は全くそれを喜んでくれないらしい。

『なら！　そんなに大切なものならば‼　どちらもまとめて守ってくださいっ‼　あなた様ならばそれくらい余裕でできるはずです！　いえ、やっていただかないと困ります。だってそれだけの能力があるんですから！』

張り裂けるような声音で語られた優蘭の言葉が、皓月の脳裏にずっと響いている。

どちらもまとめて守る？

今までそんなこと、一度だって想像しなかった。考えたことすらなかった。優蘭や周囲は皓月のことを過度に褒めるが、自分自身そうだと感じたことがないからだ。

そんなこと、自分にできるのだろうか。それほどのことができるのだろうか。

そんな不安が胸の内側から溢れて、視界がぐちゃぐちゃに歪む。激しい運動をしたわけでもないのに、呼吸が乱れて胸がずきずきと痛みを帯びていった。

今まで皇帝のどんな無茶ぶりにだって応えてきたのに、何故こんなにも不安な気持ちが広がるのか。それは、上手くいかなければ優蘭から見切りをつけられてしまうから。蔑むような、そんな視線を向けられてしまうかもしれないから。

優蘭はそんなことをしないと思っていても、そんな嫌な想像ばかり浮かんでしまうのだ。それは、優蘭という存在が皓月の心の支えになっているという何よりの証拠だった。

ぎりっと、皓月は歯を食いしばる。

「……考えなければ」

そう、考えろ考えろ考えろ。優蘭の信頼を取り戻すために。

今までできなかったから、では済まされない。一つだけを守るだなんていう消極的なことを考えている場合ではない。皓月も決して今の立場を失わず、優蘭も守り、そして尚且つ宿敵である範浩然を打倒する方法を考えろ。でないと、優蘭の心はこのまま離れていく。それだけは絶対に嫌だ。

だから、考えろ。

そんなことを考えて、考えて、考えて。頭をいっぱいにしていたからか。皓月は、寝室の扉が開いたことに気付かなかった。

「……あら。随分と深刻な顔をしているじゃない」

「っっっ！」

そう言葉を投げかけられ、皓月は弾かれたように顔を上げた。臨戦態勢に入りかけ、しかし入ってきた人物の顔を見て力を抜く。

「母上……」

そう。入ってきたのは璃美だった。彼女は寝間着を身にまとい、けだるげな表情をして扉にもたれかかっている。その表情には呆れが滲んでいて、皓月の胃がぎゅうっと引き絞られる。

皓月は、璃美のこの表情が苦手だった。璃美自身は母親としてとても尊敬しているし、言葉自体は厳しいが正論なのでそれを不満に思ったことはない、いつだって全て受け入れていた。

しかし、どうにもこの表情だけは無理だった。だってこの顔は。

皓月に失望しているときに見せる顔だから。

信頼している人たちに失望されるということを、皓月は誰よりも深く恐れていた。

「さっき、優蘭ちゃんと居間で話していたの、途中からだったけど聞いたわ。……皓月あなた、珀家の次期当主の立場を捨てるつもりだったのね」

ぎゅうっと、皓月は拳を握り締めた。

「はい、そうです」

「……へえ。そう」

母親相手に割とはっきりとした口調で言えたのは、皓月自身が事前に覚悟を決めていたからだ。

だって今回皓月が考えた作戦は、皓月が次期当主としての立場を捨てる可能性を多分に含んでいる。失敗すれば親戚一同が黙っていない。皓月は直ぐにでも家名を捨てさせられ、貴族ですらなくなるだろう。

でも、それでも良かった。優蘭を守れるならばそれで。

なのに、分からなくなってしまった。当の優蘭が、それを全く望んでいないことに気づいてしまったからだ。

ふわふわ、とても曖昧。

まるで、霧の中を一人で迷い込んでしまったかのようだった。

だからなのか。ふっと口をついて出てしまった。

「……です、が」

「……あら、どうしたの」

「はい。そ、の。……優蘭の言葉を聞いて、自分のこの覚悟が正しいものだったのかどうか、分からなくなってしまった……のです」

そこまで口をついてから、皓月ははっとし慌てて訂正しようと顔を上げる。璃美が今の発言を聞けば、顔をしかめることなど容易に想像できたからだ。

なのに。顔を上げた皓月の目に入ってきたのは、心底嬉しそうに笑う璃美の顔で。思わずぽかんと、口を開けて驚いてしまった。

するると、璃美が不満そうに眉を寄せる。

「あら、何よその顔は」

「い、いえ、その……怒られるとばかり思っていましたので、母上が笑っておられることにひどく驚いてしまいまし、て……」

「なあんだ、そんなこと？　当たり前じゃない。嬉しければ誰だって笑うでしょう？」

「……嬉しかったのですか？　一体何が……」

「あなたの成長が見られたから、に決まっているじゃない」

この期に及んで成長とは、と思わず眉をひそめていると、くすくすと璃美が笑う。その顔は本当に嬉しそうで、どことなく安堵の色を帯びていた。璃美がそんな顔を皓月に見せたのは初めてだった。

「ねえ皓月。あなた、さっきまで何を考えてた？」

「え？」

「当ててあげる。『優蘭に嫌われないためには、どのような方法を取ったらいいだろう』って思ってたでしょう？」

ぎくり。体が変なふうに動く。

図星だった。優蘭のことを考えていた。というより、優蘭のことしか考えられなかった。だって、嫌われたくはなかったから。今回考えた作戦とて、優蘭がきっと喜んでくれるだろうと皓月なりに考えて出したものだった。

優蘭とはもともと政略結婚だった。だから正直、仕事仲間としていい関係は築けていても、一人の男として優蘭に好かれてはいないだろうと思っていたのだ。それこそ、いざというときに離婚しても何とも思わない程度には。

なら、それならば、と。優蘭にとって『いい人』であろうと、『記憶に残る人』であろうと、皓月は思った。その結果が、自分自身を囮にして敵を炙り出し、尚且つ優蘭を含めた健美省への疑惑を晴らすということだった。

しかし喜んでくれなかったし、笑わせるどころか泣かせてしまった。

ならば、別の方法を探さなければならないのだ。優蘭が願った通り、皓月の立場も守りつつ劉亮からの任務――浩然を宦官長の座から引きずり下ろすための何かを得なくては。自身の母親が目の前にいてもそう考えてしまうのだから、本当にもうどうしようもないくらい、皓月は優蘭に惚れてしまっているのだろう。

そんな皓月の考えなどお見通しなのか、璃美が扉に背を凭れたまま不敵に笑う。

「あら、優蘭ちゃんに嫌われないために、自分自身も守りつつ結果も残せる案を考えてるのかしら？」

「……あの、母上。さすがにそこまで言い当てられますと、とても怖いのですが……」

昔からよく分からないところがあったり、勘が良く働く人だったが、巫覡（ふげき）のような人の心を読み取る力は持ち合わせていなかったはずだ。

もしや、わたしが知らなかっただけで、そう言った力が母上にはあったのでしょうか。

真顔で璃美の顔をまじまじと見つめていたら、白い目を向けられた。

「言っておくけれど、心の声が聞けるなんてことはないわよ」

「あ、そうでしたか」

「でも、理由はちゃんとあるわ。今のあなた、お父様にそっくりなんだもの」

「……え」

「お父様の考えにそっくりだから、表情を見て何となく推測しただけよ」

そう言う璃美の表情は、とても呆れていた。

「ほーんと、厄介なものね。珀家の血とやらは」

「それって……どういう……」

「そのままの意味よ。あなたの父親もね、おんなじで。大切なもののためなら何でも捨てられる人だったの」

懐かしそうに目を細めながらも、璃美は少しだけ不満げだ。

「あの人はほんとに昔から、無茶苦茶ばかりする人でねえ……正直、皓月よりも自分を大切にしない人だったわ！」

「と言いますと……」

「自分のことよりも、あたくしがあの人の婚約者だということが気に食わないご令嬢ばかりを、こっそりこっそり『話し合い』で遠ざけさせていたの」

「ああ、なるほど……」

その話を聞いて、皓月は自身の母が幼い頃から父と婚約関係にあったことを思い出した。

そして当時から、璃美は事あるごとに周囲からのやっかみを撥ね除け、ときには心的外傷を負わせ、ことごとく相対したという話も知っている。

だから、父が皓月の目から見ても強い母を守ろうとしたことを意外に思う。だがそれと同時に、すとんと胸に落ちるものがあった。

優蘭も、そうでした。

優蘭は、自分一人でも生きていけるほど力強い女性だ。だから皓月の助けなどなくても、自分一人で解決できてしまうことなど、今までだってたくさんあったはず。

でもそれができなかったのは。

できなかった、のは。

優蘭が、どれだけ苦しんで最善の答えに行き着いたのか、知っているから。

そして彼女がいつだって全力で物事に取り組み、あまりにも自分を顧みず危ない場面を幾度となく見てきたからだ。

つまり、父上も母上のそんな一面を知っていて、守りたいと思ったのでしょうか。

そんなことをぼんやり考えていると、いつの間にか璃美の語りが白熱している。

「まあいいわよ、守ってくださること自体は悪い気はしませんし？　あたくしだって乙女心くらい持ち合わせておりますから、最初は嬉しゅうございました。嬉しゅうございましたよ。とっても」

「は、はい……」

「で、す、が！　まるで籠の中の鳥のごとく守られてばかりなのは！　とっても気に食わないのよ!!」

え、ええ……。

理不尽極まりない意見に、皓月は圧倒され若干引いてしまった。こういってはなんだが、相変わらず考えが合わないなと思う。

固く握り締めた拳をぶるぶると震わせながら、璃美は言った。

「あたくしだって、あなた様のことを守りたいのにッ!!」

——すとん。

そんな音を立てて、皓月の心中にあったしこりのようなものが外れた、気がした。

優蘭も、同じではないかと思ったからだ。だって。

『いいえ、ありました。絶対にありました。ないのであれば、相談していただけたら私も一緒になって探しました！　それだけは、それだけはあなた様が捨ててはいけないものだったからです!!』

一緒に探してくれると。そう言ってくれていたから。

それに驚いていたら、璃美がなおも語る。

「あたくしは、あの方の妻になるために幼い頃から努力を重ねてきたの。あの方の周りにある障害を撥ね除けるのだって、妻の役目の一つだわ。ましてやその障害が自分に迫っているのであれば、なおのことあたくし自身がやらなければならない試練よ。……それなのに、あの人ときたら毎回毎回性懲りもなく……っ」

「……あの、母上。だんだんと父上に対する愚痴になってきておりませんか……？」

「何言っているの。あたくしは最初から最後まであの人に対する不満しか打ち明けていませんよ」

「左様ですか……」

神妙な顔で、皓月は頷いた。「そうなのよ」と璃美が息を荒らげながら言う。

「残念なことに、その癖は今でも治っていないの。困ったものだわ」

「それは……仕方がありません。そういう生き方しかできないのですから……」

そのとき、皓月はようやく璃美が「珀家の血」とたとえた理由が分かった。

姉と妹にはなく、自分以外には父親にだけ受け継いでいるこのよく分からない性質は、恐らく。

珀家の男児にのみ受け継がれる、よく分からないものなのだろうと思ったからだ。

なので皓月としては父の気持ちがよく分かる。同時に、今まで偉大だと思ってばかりいた父の存在が近いもののように感じた。

ああ、父もこんなふうに、母を愛していたのかと。しみじみ感じて。

じんわりと、胸の内側に愛（いと）おしさがこみ上げる。

そんな気持ちが表情に出ていたのか、璃美がふっと表情を緩めた。

「ねえ、皓月」

「は、はい、なんでしょう……」

「あんないい奥さんは、もう金輪際現れないわ」

はっきりとした声で告げられた言葉に、皓月は目を見開いた。

それと同時に、深く頷く。

「……はい。彼女以外の女性はおりませんし、彼女以外の女性はいりません」

「よく言ったわ。離れたくない？」

「はい。絶対に」

「宜（よろ）しい。ならば全力であがきなさい。考えて考えて、答えを出しなさい。——絶対、手放しちゃだめよ」

　璃美の言葉が胸に沁みて、色々な気持ちがこみ上げそうになる。それを必死に嚥下しながら、皓月は強く頷いた。

「っ、は、いっ」

「だから、一回くらい喧嘩をしたくらいでうじうじしない！　あたくしは月に一度はあの方と喧嘩をしているんだからね」

「……あの。さすがにそれはいかがなものかと思います……」

　しかしそれを皓月が見たことは一度もないので、つまりはまあそういう配慮はしているということなのだろう。しっかりしているのだかなんだか分からない。

　だがそのおかげか、重たいように感じていた心がふっと軽くなった気がした。

　皓月の気持ちが落ち着いたことを悟ったのだろう。璃美は呆れたような、ほっとしたような表情を浮かべてからくるりと体を扉に向ける。

「じゃあ、あたくしはもう寝るわ。皓月も、今日はもう寝なさい。間違っても、結果を出していない状況下で謝罪なんて愚かな真似はしないこと。今回は特に、ね」

「はい。肝に銘じます」

「よろしいわ」

　おやすみなさい。

その言葉だけを残し、璃美は颯爽と皓月の寝室から姿を消す。

残された皓月は、璃美からもらった叱咤激励の数々をじっくりじっくりと噛み締め、咀嚼した後、項垂れながら言葉を絞り出した。

「……ありがとう、ございます。母上」

厳しい言葉の数々が、今はこんなにも皓月の心に力をくれる。

こぼれ落ちそうになるものを自分の中にとどめようと、皓月は慌てて立ち上がり窓を開ける。すると、きんっと冷えた夜の風が部屋の中へ入り込んできた。思わず肩を震わせ、すくめる。しかし火照った頬が冷え、頭の芯から落ち着いていくような心地がした。

今自分の中にあるものだけは、絶対になくしたくない。そう、切に思う。そのとき、気づいた。自分の持っていた宝箱の中には、こんなにも〝たからもの〟が入るのだということを。

そんな皓月の気持ちを代弁するかのように、深々と雪が降り積もる。

凍えるような痛みを感じながら、皓月はそっと瞼を閉じた。

第五章　妻、形勢逆転の一手を打つ

『今回の毒殺未遂事件の首謀者は蕭麗月である。』

そんな噂が流れ始めてから早二週間と少し。そしてそれを機に、後宮内で多発していた毒殺未遂事件が鳴りを潜めた頃。

優蘭と健美省の部下たちは、総出で調べ上げた情報を読み込みまとめ上げていた。

これもそれもすべて、紫金会で使用するためのものだ。

健美省の空き部屋を丸々一つを潰して様々な資料を置いているのだが、積まれた紙の山や巻物の山、木簡の山が多すぎて今にも崩落寸前といった体になっている。というより、既に何度か崩落していた。まあ当たり前だ。そのせいで崩落危機を予期し、崩落時は全力で避けるというどうでもいい技術が身についてしまった。

ちなみに昨日は五彩宦官の一人、緑規が崩落した山を避けきれず埋まりかけている。宦官総動員してなんとか引き上げていたが、一歩間違えれば窒息していたように思う。

そんな、ある意味殺伐とした職場だが、士気はいつも以上に上がっている。

それもそのはず。件の噂のせいで、麗月の拘束が続いているからだ。現在彼女は牢獄にいる、ということになっている。

毒殺未遂事件の全貌（ぜんぼう）が明らかになるまで、麗月の拘束は続くらしい。

優蘭はその措置が、皇帝が皓月の二重生活の限界を悟ってのものだということを知っているため特に何も思っていないし、逆に後宮内で皓月の身に危機が迫ることがないと知って安堵（あんど）している。

それに罪を擦（なす）り付けるための相手が後宮内から消えたということもあり、後宮で多発していた毒殺未遂事件は起こっていなかった。当たり前だ、もしそんなところでへまをする犯人がいたとしたら、馬鹿馬鹿しくてやっていられない。妃（きさき）たちの安全を優先としなくてはならない優蘭としては、ありがたい話だ。それと同時に、敵の目的がはっきりする。

今回の犯人の狙いはあくまで、珀家だわ。

理由はいくつも考えられるが、珀家そのものに手を出してこなかった理由くらいは察せられる。この家には、隙がないからだ。付け入る隙も、弱点と呼べるような後ろめたいことも何もない。それがどれほどまでに素晴らしいことか。

優蘭の周囲の中で麗月に狙いを定めたのは、単純に彼女の経歴が空白だったからだろう。つまりそれは、皓月そのものに隙がなかったということになる。だから優蘭に目をつけ、そこから落とそうとしたのだ。

だからこそ、心の底から悔しかった。

私が、皓月の傷になってしまったんだわ。

あの完璧な人の傷になる。それがこれほどまでに悔しいことだとは思わなかった。憎い憎い憎い憎い。悔しい。情けない。許せない。色々な感情がごちゃ混ぜになって、腹の内側で暴れ出す。

それでもそれを表に出さなかったのは、そんなことをしてもなんにも意味がないことを知っていたからだ。

憎む暇があるなら頭を使え。体を使え。自分が持ちうる人脈を駆使してこの現状を覆せ。まだ何も終わっていない。

そう自分を叱咤しながらがむしゃらに駆け抜けた二週間だった。

そんなふうに現在の状況をなんとなく悟って動いていた優蘭だったが、梅香や五彩宦官としては違うわけで。

梅香は自身が好敵手として認め、超えることを目標としている相手に対する不当な扱いに憤激し。

五彩宦官は自身らの癒しがなくなった上に真面目で気立てが良い『麗月』が理不尽な扱いを受けていることに激怒していた。

そのためか、士気はいつになく上がり、健美省は今一致団結して麗月にかけられた嫌疑を晴らそうと働いているわけである。

怪我の功名ってやつよね。

今回ばかりは皇帝の配慮に感謝しなくてはならないな、と優蘭は思う。

それを機に、優蘭は一時的に通いをやめて健美省の空き室に住み込むことにした。純粋に時間が足りないということと、噂が流れてしまったのであればそれを利用してしまおうという話になったからである。

話をした相手はもちろん璃美だ。

＊

一週間ほど前、珀邸にて。

ぐったりとして帰ってきた優蘭に対し、璃美は満面の笑みで言った。

「優蘭ちゃん。あなた、通いをやめなさい」

「……へ？」

「だーかーら。ここに帰ってくるのをやめなさいって言ったのよ」

「…………はい⁉」

思考がだいぶ停止していたからか、そんな素っ頓狂な声を優蘭は上げる。そんな優蘭の混乱を他所に、璃美は優蘭を居間の椅子に座らせるとさくさくと説明を始めた。

「理由は簡単。優蘭ちゃんは今、とっても多忙じゃない？　できれば夜遅くまで残って仕事をしたいし、通勤に使う時間だって惜しいはず」

「は、はい……確かにおっしゃる通りですが……」

「なら、今は時間を優先するべきじゃない？」

ぐうの音も出ない正論だ。

しかしそれでは、優蘭と皓月が不仲ととらえられかねないように思う。それに時期が時期だ。この状況下で優蘭が屋敷に戻らなくなれば、「珀優蘭はとうとう用済みとされ、住む屋敷すら奪われた」と吹聴する人間が出てくるだろう。噂とはそういうものだ。

それに、皓月のことが純粋に心配だし……。

皓月と喧嘩をしてから数日経つが、あれ以来お互いに忙しくまともに話し合う時間が作られていないのが現状だった。皓月は一度思い込むとずっと考え込んでしまうところがあるし、体調に関しては特に気になる。

が、それらはどうやら璃美にはお見通しだったようだ。

「ねえ、優蘭ちゃん。今、この状況下で皓月と不仲だと思われたくないと思ったでしょう？」

「うっ。そ、それはそうですよ……だってこの時期に私が後宮に住み込むことになれば、『皓月が私を追い出した』『珀優蘭はやっぱり被害者だ』という根も葉もない憶測が飛び交い、後宮内がまた一段と騒がしくなるではありませんか。それは本意ではありません」

「ふふ。そこまで考えてくれたのね。ならなおのことだわ」

「なおのこと、と申しますと……」

「それを利用してやるのよ」

あまりにも突飛な意見に、優蘭は目を瞬かせた。

そんな優蘭に、璃美は満面の笑みを浮かべる。しかしそこに邪悪なものを感じるのは、優蘭だけだろうか。思わずぶるっと体を震わせる。

「だってねえ、優蘭ちゃん。もうこんなにも、あなたと皓月の悪い噂が飛び交っているのよ？　見てごらんなさいこの報告書の山」

「え。わあ」

じゃじゃーん。

そんな声と共に手で指し示されたのは、居間の卓上。そしてそこには、これでもかというくらいの木簡が山積みにされている。そのうちの一枚を手に取ると、璃美はまるで歌を詠むかのような口ぶりで内容を読み上げ始めた。

「『珀夫婦の仲は悪い。どうやら一度も言葉を交わさない日もあるらしい。』」

「うっ」

それはありますね……い、いやでもそれはお互い忙しいときですし……普段は全然喋りますし、仲はまずまずなはずですし……。

『珀夫婦は夫婦別室で過ごしているらしい。』」

「うぐっ」

い、いや確かにそうですが……その辺りは夫婦の在り方の一つですし！　それにこの間同室になって、それからすぐに気まずくて別室に戻った……だけです、し。

「『珀皓月は屋敷で珀優蘭に暴力をふるったり、暴言を吐いたりしているらしい。』」

「は？　そんな根も葉もないでたらめを言っているのは、どこぞのたわけですか？」

優蘭は思わずどすの利いた声でそう言ってしまった。皓月に限ってそのようなことなど絶対ないしむしろ優蘭をこれでもかと労わってくれているのに、これだから愚か者は。

そんな優蘭に、璃美は一瞬目を点にする。しかしすぐに弾けたように笑い始めた。

「ふふ、今まであんなにも『言われてみたら確かに……』みたいな顔をしていたのに、最後のだけあんなに食いつくだなんて……優蘭ちゃんは本当に、皓月のことが好きなのね」

「好き？……好き!?　それはどういった意味ですか!?」

「あら、違っていて？　優蘭ちゃんは皓月のこと、恋愛的な意味で好きだと思っていたのだけれど」

突如として落とされた発言に、優蘭の思考が本格的に停止する。思わず否定の言葉を吐き出そうとして、できなかった。璃美が優蘭をからかって言ったわけではないということは、その目を見ればすぐに分かったからだ。

真っ直ぐした、真摯な目。

こんな目で見られたら、そんなこと反射的であったとしても言えない。

優蘭は口をもごもごとさせながら、そっと目を逸らした。

「……申し訳ございません。その辺り、未だに分かっていなくてですね……」

「あら、どうして？」

「だって……私と晧月は、あくまで政略上の理由から婚姻を結んだ関係ですし……」

「そうね」

「それに……見目も年齢も釣り合ってはいませんし……」

「確かに優蘭ちゃんの言う通りだわ」

「……ですよね」

璃美の肯定はとてもすっぱりしていて、打てば響くようだった。なのに自分が発した言葉に一番傷ついているのは自分自身だった。違いを改めて実感して落ち込み、頭を抱えたくなる。

しかしそんな優蘭に対して返ってきたのは、予想外の言葉だった。

「あら。どうして落ち込むの？」

「……え？」

「そんなもの、好きになることと何一つとして関係がないのに」

璃美は至極不思議そうに、そう言った。

ぱちんと、頬を張られたような心地になる。

混乱する優蘭を他所に、璃美は首を傾げた。

「ねえ、優蘭ちゃん。政略結婚から始まる恋があってもいいじゃない」

「……え？」

「見目も年齢も確かにあなたを作る一部だけれど、それだけがすべてじゃあないわ。それは優蘭ちゃんだって、皓月に出会ってから分かったでしょう？　あの子、見た目は綺麗だけれどとても謙虚で控えめで……でもそれを含めて、皓月よね？」

「それはもちろんです」

「なら、優蘭ちゃんを形作っているのはそれ以外にもあるじゃない。だから、そんなこと気にしたって仕方がないのよ。特に夫婦はね」

そう言ってから、璃美は湘雲に視線を向ける。作業中にもかかわらずそれを瞬時に感じ取った湘雲は、表情をぴくりとも動かさず首を傾げた。

「わたくしの顔に何かついておりますでしょうか、璃美様」

「いいえ？　でも今の話を聞いて、湘雲としてはどう思ったのかを参考までに聞きたくって。ねえ？」

「なるほど。いつも通りの性悪でしたか」

「……それ、元主人に対して言っていいことじゃあないと思うのだけれど」

「これは失礼いたしました。ただの独り言にございます。お気になさらずに」

そんな一連のやり取りを経て、湘雲は優蘭と向き合った。

「さて。わたくしから言えることはさほどございませんが……そうですね。結婚生活において重要なのは見目の良し悪(あ)しでも年齢でもございません。——相性。これに尽きます」

「は、はい」

圧の強い湘雲に押される形で、優蘭は少し体をのけぞらせる。そこで、優蘭はそう言えば彼女は離婚をしていたなと思った。璃美が湘雲に話を振ったのはそういうわけだろう。

鋭い眼光を向けつつ、湘雲はなおも続けた。

「正直、顔の良し悪しは二の次です。もちろん毎日顔を合わせるので嫌いな顔であればげんなりもしてきますが……それよりも、です。性格、その人の行動、仕草、癖……共同生活を送るうえで気になってくるのはその辺りです。それはどうしてなのか、お分かりになられますか、奥様」

「ええっと……ずっと一緒の空間にいることが多いから、でしょうか」

「その通りでございます」

強く強く頷(うなず)く湘雲の目は、鬼気迫っていた。

「奥様。わたくし、元夫の行動は大半許せなかったのですが、その中でも一番許せなかったことがございます」

「ハイ」

「わたくしのことを名前で呼ばず、事あるごとに『おい』と呼びつけるところでした」

わあ……。

実体験に基づく本気の意見に、優蘭はもう何も言えなかった。

そんな優蘭を見て言い過ぎたかと思ったらしい。湘雲はこほんと咳払いをしてからすっと背筋を正した。

「……とまあ、そういうわけです。ですので周りの目など気にしなくとも良いのですよ、奥様。奥様は旦那様に対して、そのような感情を抱いたことはないのでしょう？」

「それはそうですね……」

「ならば、なんの問題があるのでしょう？　それに、璃美様が仰っていたように政略結婚から始まる恋もございます。というより、璃美様がそうでしたし」

「あら、湘雲。それはもしかして先ほどの仕返しかしら？」

「いえいえ、そのようなことは。ですが事実であられるでしょう？　璃美様は当初、当主様とのご婚約をたいそう嫌がっておいでだったと聞きましたし」

え？　あんなにも仲が良さそうだったのに？

優蘭のほうもびっくりしてしまう。

すると璃美はそっぽを向いて頬を膨らませた。

「あたくしにも、可愛らしい子ども時代があったってだけよ〜」

「え。そうだったのですか？　わたくしが聞いた話では『あんな朴念仁の婚約者になるなんか絶対にいや！』と顔合わせの前日には一日中泣いて嫌がり、挙句『なら髪をバッサリ切ってやるわ！』と宣言してはさみでざっくり。翌日の顔合わせでは鬘をつけさせられた、と伺いましたが……」

「全部ばらしてるじゃないの」

璃美は不満げだが、優蘭は恐れおののいていた。

髪を切るとかもうなんていうか……とても破天荒。

そんなに嫌だったのだな、ということがよく分かる話だった。しかしそんな第一印象を抱いていたにもかかわらず今となってはこんなにも夫に対して愛を叫んでいるのだから、璃美や湘雲の言う通り政略結婚後の恋愛というのもありなのかもしれない。

まあ私の場合、そもそも自分がどういった感情を皓月に対して抱いているのかすら分かっていないのだけれど……。

そんなことを思いながらぼうっとしていると、どうやら湘雲相手ではたじたじならしい璃美が無理やり話を戻していた。

「あたくしの話なんかどうでもいいのよ。優蘭ちゃんが通いをやめるっていう話よ」

「あ、はいそうでした」

あんまりにも話が脱線しすぎて、どのような話をしていたのかすら忘れかけていた。危ない危ない。

璃美はわざとらしく咳払いをしながら、ぴしゃりと言った。

「あたくしが言いたかったことはね。優蘭ちゃんの気持ちさえちゃんと皓月に対して向いているのであれば、噂なんて利用してやるつもりでがんがんやっちゃえばいいのよ、ってことよ」

「ああ、なるほど。そういうことでしたか」

「ええ、そうよ。だってその噂ごと払拭させてやる一撃を、優蘭ちゃんは考えているわけだし？　なぁんにも問題なんてないわよね。ね？」

「はは。……ソウデスネ」

優蘭は納得すると同時に、この義母は本当に敵に回したくないなと改めて思う。

だって、やることなすことがえげつなさ過ぎる……。

手元にあるものはなんでも利用してやる気満々だった。しかしその考えに至らなかった辺り、優蘭もだいぶ思考が止まってきているなとも思う。普段なら浮かびそうなものなのだが。

……いや、待てよ？　これはもしかして、皓月に関してのことだったから浮かばなかったとか、わざと避けていたとかそういうやつなのではないかし……ら……。

自分でその考えに至り、優蘭は一人悶えた。

だってこれでは本当に。

皓月に恋をしているみたいではないか。

ゴッ。

優蘭は卓に勢い良く額を打ち付けた。

璃美と湘雲が何事かというように悲鳴を上げていたが、今のこの状況ではとてもではないが口が開けそうにない。

そんなふうに悶えつつも、優蘭は璃美の意見を聞いて皓月の噂を利用することになったのだった――

＊

そのときのことを思い出し、優蘭は思わず額を押さえた。なんとなく、未だに痛みを帯びている気がする。

いけないいけない。今は仕事に集中しなきゃ。

深呼吸をして改めて気を引き締める。そして軽く頬を張った。

紫金会の準備以外にも、優蘭がやらなくてはならないことは山のようにある。

その一つが、今日の昼間に開催される四夫人茶会――という名の、事情説明会だった。


健美省、客間にて。

四夫人全員が円卓を囲む形で座る中、優蘭は一人立ちすうっと息を吸った。

「この度はお集まりいただき、誠にありがとうございます。宜しければお菓子などをご用意させていただきましたので、一服していただけたらと、」

「――そんなもの、今はどうでもいいのよ。早く状況を説明なさい」

ぴしゃり。こちらの話など全く聞く気がない徳妃・郭静華の言葉が部屋に響いた。見れば彼女は不機嫌をこれっぽっちも隠すことなく、柳眉を寄せて怪訝な顔をしている。

今にも怒り出しそうな感じだった。

「そうだわ、優蘭。わたくしたち、とっても怒っているのよ？」

「……えええっと……はい」

「ええ、怒っています」

「……ハイ」

紫薔と鈴春の笑みがとても恐ろしい。優蘭は思わず目を背ける。

しかしそれを逃さない、とでも言うように、明貴がすうっと目をすがめた。

「そうです。珀長官。――わたしたちに情報提供ばかりさせておいて状況説明をしてくださらないとは、一体どういった了見でしょうか」

優蘭は、自身の笑みがひきつるのを感じた。

まあ、そう思いますよねー！

そう。優蘭は以前、梅香経由で文を渡していた。

そこに記載したことはただ一つ。『事件の早期解決のためにも、各派閥で怪しい動きをしている人間を教えて欲しい』と言った内容である。

情報を伝えるのは昼餉のときだ。膳と一緒に情報を書いた紙を忍ばせ、それを内食司女官長に集めてもらうのである。

黒呂と黄明に昼餉の際毎度内食司に寄ってもらうよう頼んでいたのは、このためだった。お陰様で犯人と仲良くしていそうな人物を絞り込めたので心の底から感謝している。こちらは今回の件と別件で罪がありそうな面々だったので、後宮の清掃もできそうだった。

後宮のため、ひいては陛下のため。

そんなふうな理由で各々密かに協力してくれていた彼女たちが、今の今まで放置されていてご立腹なのは致し方ないことで。

優蘭は両手を合わせつつ、四人を宥めようと手をすり合わせる。

「えぇっとですね……お話するのはとりあえず、お菓子でも食べて一息ついてからにいたしませんかっ？」

「いやだわ」

「いやです」

「無理よ」

「お断りいたします」

紫薔、鈴春、静華、明貴の順に、撃沈だった。むしろ、先ほどよりも非難めいた視線を感じさえする。

実を言うと、四夫人から「茶会という名の説明会を開いてほしい」と言われたのは、何もこれが初めてではなかったのだ。かなり前から要望は受けていたが、優蘭が「現状を考慮し、また別の機会に」とやんわり流していた。

しかし、それももう限界なようで。

一週間ほど前から「一時的にであっても収まっているのだから、これを機会に説明を」という内容が書かれた文が四夫人全員から届いてしまったのだ。

しかも、毎日一通ずつ。

四夫人というのは、この後宮における絶対権力だ。そして同時に、貴族内で出来上がっている派閥の、後宮内における最高権力者ということになる。つまり彼女たちからの申し立ては、そのまま後宮妃たちからの総意ということになるわけだ。

しかもご丁寧なことに、文の最後には妃たちの実家の紋印が押されている。それも四夫人だけでなく、今回の一件の真相を知りたがっている妃たち全ての、だ。

そうなってしまえば、優蘭としては説明せざるを得ないわけで。なので渋々、こうして場を設けたのだった。

優蘭は全員からの刺さるような視線を一身に浴びつつ、重たい口を開いた。

「それでは本題に移らせていただきます。……と申しましても、私から言えることはそう多くありません」

「……それは一体どういうことかしら、優蘭」

「はい、貴妃様。証拠がない現状、私がいくら弁明したところで、四夫人の皆様が納得する発言をできないためです。私からできるのは、あくまで弁明のみですから」

「つまり、犯人の検討すらついていないと？　そういうことかしら」

「……その点に関しましては、皆々様のご想像にお任せいたします」

静華が鋭い眼力を優蘭に向けて飛ばしてきたが、優蘭から言えることはここまでだった。

というのも、それを公開する予定なのは紫金会でだからだ。でなければ今までの努力が全て水泡に帰す。

実際のところ、犯人の見当はもうついている。問題はその犯人がどのような方法でこの騒ぎを起こしたのか、またその証拠だ。その証拠集めに関しては、璃美と玉商会、ついでにその暴走っぷりに振り回されまくっている五彩宦官が一丸となってやってくれている。そちらのほうは順調だ。

なので優蘭が説明会でできることは、四夫人の怒りを聞き謝罪することだけだった。

だから優蘭は今日この場に、頭を下げるためだけにいる。

それで優蘭の信頼が地に堕ちることになったとしても、だ。今説明することだけは、妃たちのためにもできない。下手に首を突っ込ませてしまえば、彼女たちの身に危険が及ぶからだ。

優蘭は頭を下げた。

「私の配慮が行き届かず、皆様をご不安にさせてしまい大変申し訳ございません。非難があるようでしたら、今この場にてお願いいたします。……全ては、私の至らなさ故。この度は大変申し訳ございませんでした」

そうして深々と頭を下げてから、一体どれくらい経っただろうか。はあ、と大きめな溜息が聞こえた。しかも、四人分だ。その溜息の意味が分からず、優蘭は内心首を傾げてしまう。

え、私は今何故溜息を吐かれているの……？

不満の一つや二つでも吐かれるかと思っていたのに、それすらない。むしろ何やら呆れられている気配すら感じるのは、優蘭の気のせいだろうか。

優蘭が混乱していると、紫薔が声をかけてきた。

「……優蘭。顔を上げて頂戴」

「……はい」

恐る恐る上げていくが、やはり妃たちの顔に浮かんでいるのは呆れ、苦笑といった感情だ。優蘭を恨んだり憎んだりはしていない。

どうしてかしら？　徳妃様くらいは何か言ってきそうだと思ったのに。

そう思っていたら、紫薔が手元の扇子を弄びながら言った。

「……ねえ、どうして？」

「……え？」

「どうして、わたくしたちを頼ってくれないのよ、優蘭」

その口調はまるで、拗ねた子どものようだった。実際、紫薔は不満げに頬を膨らませている。はて、と優蘭は首を傾げていたら、堰を切ったように紫薔がしゃべり始めた。

「わたくし、怒っているのよ優蘭。後宮で好き勝手やっている方々のこと」

「……へ」

「それと同時に、優蘭を蹴落とそうとしている方々にも怒っているわ。わたくしたちの後宮で好き勝手やるだなんて……いい度胸ですもの」

ひえ。優蘭は背筋に寒気を感じ、内心悲鳴を上げてしまった。

紫薔がとても怒った顔をしていたからだ。しかも、笑顔で。

そしてそれは紫薔だけではないようで。鈴春も、今まで見たことがないくらい冷めた目をして、しかし笑っている。

「そうですよ、珀夫人。わたしたちは、説明がないことに怒っているわけではありません。後宮の危機にもかかわらず、情報提供をするだけで問題ごとに介入させていただけず、蚊帳の外に置かれて関わらせてもらえないことに怒りを感じているのです。……ここの主人は今、わたしたちですのに。だから勝手に色々やってしまいました」

「え。色々とは……？」

優蘭の疑問に答えてくれる人は、残念ながら誰もいない。それもそのはず、今の優蘭の声を聞き入れられるほど、冷静で行動的な人間が誰一人としていないからだ。

開いた扇子をはためかせながら微笑む鈴春に引き続き、静華は嫌悪を隠そうともせず言い放った。

「本当よ。どいつもこいつも、珀家に関するくだらない噂に踊らされて馬鹿みたい。あの。あの珀家が、まかり間違っても陛下を裏切るなんてあるわけないじゃない。しかもよりにもよって、あの皓月が！」

「……私の夫を信用してくださるのですか、徳妃様」

「信用、ですって？　違うわ。これはそんなんじゃない。でも」

憎々しそうに顔を歪めながら、静華は言う。

「でも、あの一族にはそれをずっと成してきたという事実がある。珀皓月にもね。そして珀家は、自分たちの価値を十二分に知っているわ。自分たちが、日陰でしか生きられないってこともね」

「徳妃様……」

「だから、珀家が皇族を害して乗っ取ろうとするという噂自体が、信憑性の欠片もない法螺話でしかないのよ。全く……」

その発言に、優蘭は少なからず驚いた。まさかあの静華が、珀家を評価するような発言をするとは思っていなかったからだ。

だってあんなにも嫌悪していたのに……。

どうやら優蘭のそんな思考はお見通しらしい。静華は苛立たしげに顔を歪めた後、「何よ、その顔は」と優蘭に投げかけてきた。

「いえ……徳妃様……というより、郭家そのものが、珀家のことを快くは思っていらっしゃらないと思っていましたので……その、少々意外な意見だなと思いまして」

「……嫌いよ。もちろん大っ嫌い。あんな自己犠牲極まりない生き方なんて肯定してやらないわ。でも。それでも。……陛下が珀家を重用する理由くらいは、理解しているわ。郭家だってね」

「……徳妃様……」

「まあもちろん、気に入らないけれど！　絶対に認めてなんかやらないけれどねっ⁉」

それを聞いて、優蘭は思わず噴き出しそうになってしまった。

難儀な一族ね、郭家も。

恐らくだが、「必要な人材だということは分かるけれど、郭家と在り方が違いすぎるため認められない」といった感じなのだろう。そればかりは生き方の問題なので優蘭にはどうしようもない。のだが、珀家の不祥事に対してそれをさらに貶めるほうでなく「馬鹿じゃないの？」と擁護に回る辺りに、郭家なりの筋の通し方を感じた。

しかし静華にそれを指摘すると絶対に怒られることは分かっていたので、優蘭はぐっとこらえる。

一方の静華は口をへの字に曲げたまま言った。

「ということだから、保守派の妃嬪たちは皆、わたしのほうで咎めておいたわ」

「え」

「当たり前じゃない。ここをどこだと思っているの？　陛下の安息の地、あの方のためだけの楽園……後宮よ。そのようなことで慌てふためくような人間は必要ないわ」

「ええっと……」

何やら、展開が読めない。そもそも、紫薔も静華も鈴春も、言いたいことを優蘭に言っているだけな気がしてきた。優蘭は混乱する。

するとと見兼ねたのか、明貴が全ての話をまとめてくれた。

「結論から申し上げますと。現状、珀家に対して不信感を抱いていた妃嬪たちには、わたしたちのほうで説明をし一旦落ち着かせた、ということです」

「え。保守派も革新派も、中立派も、ということですか⁉」

「はい、もちろん。それぞれ、話をさせていただきました。まだ不満そうな妃嬪もおりますが、これからも継続して話し合いを続けていくつもりです」

「それ、は。なぜ……何故、そこまでなさって……」

「何故？　珀長官の口からそのようなことを言われるとは思いませんでした」

明貴が首を傾げる。本当に不思議そうだった。

「だってそんなこと、当たり前ではありませんか。わたしたちはわたしたちの……四夫人としての役割を果たしただけです。珀長官、あなたと同じですよ。わたしたちを守るために決して何も言わず、ただひたすらに邁進し続けているあなたと」

「……それ、は、」

「職務で、健美省の在り方だから、とても仰られるのでしょうね、あなたは。本当に芯の通った方です」

言おうと思っていたことを明貴に先んじて言われてしまい、優蘭は一度開いた口をゆっくり閉じた。でもおさまりが悪く、口をまごつかせる。

そんな優蘭を見ながら、明貴は嘆息した。

「本当にあなたという人は……肝心なときに、わたしたちを頼ってくれないのですね」

「……え」

「それ以外のときはあっさり頼るのに、こういうときばかり自分ばかり悪役になって、わたしたちの助けを求めない。……珀長官。わたしたちはね、怒っているのではありません。悲しんでいるんです。あなたが最も苦しいときにあなたの力になれなくて、悔しいんですよ」

「賢妃様……」

その一方で、静華はふんと鼻を鳴らす。

「わたしは違うわよ。あなたのことなんてどうでもいいわ。でも、陛下の庭を好き勝手に荒らされるのだけは我慢ならないだけ。その辺りは勘違いしないでくださる？」

そう言って、指甲套のついた人差し指を優蘭に突き付けてきた。

「あ、はい」

さすが静華というべきだろうか。まったくぶれない発言に、逆に笑みが漏れてきた。そんな優蘭の顔を見て、紫薔は深紅の扇子をはためかせる。

「どうせあなたのことだから、犯人の目星はついているけれど、証拠がまだ足りていないから行動に移していない……という感じなのでしょう？　優蘭」

「……」

「無言は肯定と受け取るわね」

優蘭はにっこりと笑った。その行動はもう、肯定しているだけのようなものである。

紫薔もそれを承知しているため、妖艶な笑みを浮かべる。

「あらあら。悪い顔をしているわね、優蘭」

「そうでしょうか」

「ええ、とっても悪い顔よ。あなたがそのような顔をするとは思わなかったわ、どうして？」

どうして？

そんなの、決まっているわ。

優蘭はすうっと息を吸い込んでから、はっきりとした口調で言った。

「だって……自分のせいで夫が危機にさらされているなんて、はらわたが煮えくり返るほど悔しいではありませんか」

私に手を出すならいい、いくらでも付き合ってあげる。

でも私をだしにして皓月に害をなそうとするなら、絶対に許さないし容赦はしない。

そんな煮えたぎるような思いをぐっとこらえながら破顔したら、四夫人全員が虚を衝かれたような顔をして。

そして、揃って頬を緩ませた。

「あら……あらあらあら。あの優蘭がまさか、ねえ？」

「はい、姚貴妃。びっくりしました……」

とは紫薔と鈴春。

静華に至っては「あら……意外とやるじゃない」と感心しているし、明貴は「あの皓月様に、本当に良い方が……」と感動している。

なんだろうこの空気。

優蘭は釈然としない心持になりつつも、深くは追及しないことにした。藪蛇になりそうな気配を察したからだ。

目を逸らしつつも、優蘭は口を開く。

「それで、聞きたいことは他にはありませんか？」

そう言えば、四人は顔を見合わせた。

代表をしてなのか、紫薔がぱちんと扇子を閉じながら問うてくる。

「わたくしたちはあとどれくらい待てばよいのかしら？」

どれくらい待てば全てが片付くのか。そんなこと、決まっている。

「紫金会。それで全ての決着をつけます。ですので、しばしお待ちを――」

――紫金会まで、残り一週間。

＊

資料、良し。

証拠品、良し。

それ以外の手筈、全て良し。

正直なところ、もう少しばかり欲しいものはあったが、現在手元にあるものはこれだけだ。ならこの中だけでやりくりをし、あとは優蘭自身の弁舌とそれ以外のもので何とかするしかないだろう。

でもまあ、急ごしらえにしては上出来よね。

そう思いながら、優蘭は久方ぶりに礼服に袖を通す。

皇帝へのお目通り以来一回も着たことのないその衣は、ひんやりと冷たくて。いつになく、重みを帯びていた。

紫金会。

それは、一日に亘り行なわれる政治行事だ。特に官吏たちにとっては、来年度の予算や自身たちの出世にもかかわってくる一大行事ということになる。

さらに言うのであれば、各部署の上官たちが全て集まるとされている。今まで顔を合わせることがなかった人間たちとここでようやく顔を合わせる、ということになるのだ。

朝から集まって、昼休憩などを挟みつつ順繰りに上官たちが発表をしていくとされているこの行事。

こういってはなんだが、正直なところ優蘭が今まで参加してきた行事の中では群を抜いて地味である。まあそれもそのはず、政治行事であって、優蘭が今まで参加してきた催事とは全く違う類の恒例行事だからだ。

大会議場に入場するのすら順番で、いちいち名前を読み上げられて入場しなくてはならない。今までで一番堅苦しく、色々な意味で仰々しい。

しかしその代わり、今まで以上に圧は強い。

それは、大会議場に入場した段階でよく分かった。


「健美省長官・珀優蘭様、ご入場ー！」

門番の掛け声とともに入場した優蘭は、中からの視線を一身に浴びていた。

それもそのはず。優蘭の入場は一番最後だ。つまりそれは、今回集まった高官たちの視線を一身に浴びるということと同義で。

以前健美省長官の位を賜ったときとは比べ物にならないくらいの不躾な視線が、優蘭の身に降りかかる。しかし以前のように、それにひるんだりはしなかった。

腰には鈴春から贈られた、銀の鈴がついた群青色の腰紐が。まとう純白の披帛は静華から。黒玉のはまった耳飾りは明貴、髪に挿してある薄衣で作られた見事な造花薔薇の簪は紫薔から、それぞれ改めて贈られたものだった。

優蘭が紫金会で戦ってくると告げたら、皆一週間で用意したらしい。鈴春などはわざわざ、今回優蘭が着る礼服の色に合わせて紐を染めさせたそうだ。

静華がわざわざこんなことをしてくるなど正直信じられなかったが、どうやら優蘭が皓月のために今回の紫金会で一波乱起こそうとしていることを気に入ったらしい。「やるなら息の根を止めなさい」という物騒な言葉とともに渡された。

どうやら四夫人たちもそれぞれ、今回の件は思うところがあるらしい。思いは様々だが、優蘭の力になるようにと各々の色が入った物を渡してくれたようだった。

それに左の薬指に結婚指輪があれば、今の優蘭は無敵も同然だ。

周囲が少しばかりざわめく中、優蘭は楚々とした態度を決して崩さず自身にあてがわれた席に着席した。

　そして、その席からぐるりと辺りを見回す。自身の頭の中にある名簿を開き、会場にいる主要人物たちの名前と顔を照らし合わせた。

吏部尚書・公晳李明。

兵部尚書・郭連傑。

礼部尚書・江空泉。

戸部尚書・徐天侑。

刑部尚書・尹露淵。

工部尚書・柳雨航。

――六部と呼ばれる、六つある部署の上官たち。

内侍省長官・蔡童冠。

宦官長・範浩然。

――健美省と並び、後宮内で働く部署の長官たち。

御史大夫・莫玉祥。

――そしてその官吏たちの中でも一際異彩を放つ、薄鼠色の官吏服に身を包む御史台、官吏たちを監査する部署の上官。

それぞれだ。自分がそんな魔境にいることに、ひどく苦々しい気持ちになる。面倒なことになりそうな予感しかしなかった。顔を見ただけでそれぐらいのことが分かる程度には、皆一癖も二癖もあったのだ。

その中で共通している点といえば、誰も彼も相手の首にいつでも噛み付けるよう虎視眈々と機会を狙っている点だろうか。

あの正直言って無能でしかない童冠でさえそんな有様なのだから、この紫金会という会議は本当に魔境だと思った。

そうして周囲の敵を改めて確認していると、玉座の上でゆったりと座る皇帝と、その後ろに控えている右丞相――皓月の姿が目に入った。

……良かった。前と比べて、顔色が良い気がする。

皓月の顔を見て最初に思ったことは、それだった。むしろそれ以上の心配はなかったのだ。皓月は本当に以前から、無茶苦茶ばかり繰り返していたから。

その証拠に、優蘭と大喧嘩をする前の皓月の顔色は、まるで泥のようだった。目の下の隈もひどく、なのに穏やかに微笑むのだから胸がぎゅうっと苦しくなった。

しかしそれも、麗月として二重生活を送る必要がなくなったためか、だいぶ良くなっているようだった。今回ばかりは皇帝の采配に感謝しなくてはならない。

そうやってゆったりと構えていたら、銅鑼が鳴らされた。

「それではこれより、紫金会を開始させていただきます」

それが、紫金会開幕の合図だった。

＊

紫金会で健美省が事業報告をするのは、入場の順番と同じく一番最後だ。

なのでそれまでは正直、大変暇である。といっても寝られるような空気ではないので、ただ淡々と聞くのだが。

午前中に関しては順調に進行し、昼餉を挟んで午後の部が始まった。

進行役はこれも催事だからなのか、空泉だ。

淡々と、しかし確かに時間は進んでいく。

そうして誰もがつつがなくこのまま終わると思っている中──

「──一つ良いですかな、陛下」

自身が発表した後に動きを見せたのは、内侍省長官・蔡童冠だった──

＊

「ほう、何用だ、内侍省長官」

皇帝が愉快そうに笑いながら、童冠にそう問いかけた。どうやら、話を聞くつもりはあるらしい。皇帝が傾聴の姿勢を取ったからか、他の上官たちの視線も童冠に注がれた。

そんな態度の皇帝に、童冠は一礼をしてからにやりと笑った。

「予定外のことではありますが……今この場にて、健美省長官であられる珀優蘭殿の監督不行き届きに対する処罰、そして右丞相・珀皓月殿に関して流れている噂に関して、議論したく存じます」

ざわっと、周囲がにわかに騒がしくなった。

……へえ？

一方の優蘭は、向こうのほうから優蘭に対して挑んでくる姿勢に思わず笑みを深める。しかも現在噂の的になっている皓月のみならず、優蘭をも引きずりおろそうとするその豪気には感服してしまった。

断言しよう。この男は、正真正銘の愚か者である、と。

わざわざ、自分の死期を早めなくてもいいのに。

しかしお陰で、優蘭が自分の番を待つ必要がなくなったのは僥倖だ。

優蘭は今、とても怒っているのだから。

皇帝が何も指摘しないことを肯定と取った童冠は、早口でまくし立てた。

「皆様も噂をご存じかと思いますが……こちらにおわす珀夫婦には現在、複数の疑惑がかけられています。毒殺未遂事件、そしてその毒殺を実行したとされる蕭麗月との関係性についてですね。……珀長官、何か弁明はございますかな？」

まず初めに、噂の張本人である皓月でなく優蘭に対して問いかけてくる辺りが、この男の矮小さを如実に表していると優蘭は思った。

しかし、この場においてはありがたい。

皓月への負担が、減るのだから。

優蘭は立ち上がり皇帝に対して頭を下げた後、「健美省長官・珀優蘭にございます。発言をしてもよろしいでしょうか？」と皇帝に伺う。無事に許可が出てから、優蘭は童冠と向き合った。

「ご指名いただきましたので発言をさせていただきます。……そして、弁明ですか。私の監督不行き届きに関しては甘んじて受け入れますが、それ以外は全くの事実無根である、と断言させていただきます」

「はあ？　火のない所に煙は立たぬと言います、そのようなことがまかり通るとでも？」

「……逆に言わせていただきますが、蔡長官こそ噂ごときに踊らされて恥ずかしくはないのですか？」

「なっ」

「私をこの場にて糾弾したいのであれば、それ相応の証拠を持ってきていただかなくては困ります。それとも、証拠はないのでしょうか？」

「……」

「ないようであれば、是非ともすっこんでいらしてください」

「なっ……！」

「あ、申し訳ございません口が悪うございましたね。ですが、このような場で証拠もなく人一人を糾弾なさろうとされましたので、ついうっかり心の声が出てしまいました」

「〜〜〜〜ッッッ!!」

優蘭の易い挑発に、どうやら簡単に頭に血をのぼらせてしまったらしい。童冠が顔を真っ赤にして唇を震わせた。

一方の他の上官たちは、童冠や優蘭の態度に呆れる者、噴き出し笑いをこらえる者、愉しそうに傍観する者、全くの無反応の者……と多種多様な反応を示している。ただ、誰一人として口を挟もうとする様子はなかった。あの宦官長ですら、だ。むしろ困ったように微笑み、肩をすくめている。

何か思惑でもあるのかしら。

そう訝しみつつも、優蘭としては浩然の横やりが入らないことに安堵する。こう言ってはなんだが、童冠ごときなら優蘭一人でどうにかなるのだ。しかしここで浩然が参戦してきたとなれば、話は大きく変わる。

優蘭は、紫薔の懐妊祝賀会において浩然と相対したときのことを思い出していた。

あのときの感覚は、忘れたくても忘れられない。それくらい鮮烈に優蘭の中に恐怖として残っていた。

今まで見たどんな生き物よりも醜悪で、それでいて人間というものをなんとも思っていない目をしていたことを昨日の出来事のように思い出せる。

同時に、人の心をよく知っていて、相手の行動というのを自分の言葉や仕草、表情一つで意のままに操れるということもそのとき悟った。

介入してこないのであれば、こっちのやりたいように進めるだけだわ。

むしろ、優蘭としてはそのほうがありがたい。だってお陰様で、優蘭が抱えていた不満を今この場でぶちまけられるのだから。

優蘭はにっこり微笑んでから、皇帝の方を向いた。

「陛下。蔡長官に折角、弁明の機会を設けていただけたのです。今この場で、調査結果を開示しても構いませんでしょうか？」

「調査結果とな？」

そう、愉しそうなことに食いついたような顔をしているが、優蘭はこの話を事前に皇帝にしている。つまりこの男は、これから起きるであろうことの想像をなんとなくつけておきながら、まるで今日初めて聞いた、と言わんばかりにのたまっているのだ。

ほんっと……行動がいちいち癪に障る男だわ。

だが、今は間違いなく味方である。敵ならば底が知れなくて恐ろしいが、味方だとこんなにも心強いのだから本当に面白いと思った。

そう。優蘭が後宮妃たちを裏切らない限り、劉亮は優蘭の味方だ。

ならば優蘭がするべきことは、妃嬪たち、ひいては後宮の平和を守るために、それを全力で利用すること。ただそれだけだ。

優蘭はやや芝居めいた動きをしながら、口元に手を当ててこくりと頷いた。

「ほう。それはもしや、余の麗しい一輪たる菖蒲に、毒を盛ろうとした不届き者に関してのものか？」

「左様にございます、陛下。本来の紫金会で行なうべき事柄ではございませんが……此度の毒殺未遂事件は、後宮内のみの問題ではございません」

「ほう？」

「私ごときの意見で大変恐縮ですが……此度の毒殺未遂事件は宣戦布告であると考えてお

ります」

　ざわっと、会議室が一瞬揺れた。誰もが思っていたが、決して口には出そうとしなかったことを優蘭がさっくりと言い切ったからだ。

　会場の空気が未だに冷めやらぬことを良いことに、優蘭は言葉を重ねていく。

「皆様もご存じかと思いますが、陛下が皇位を継承し賢妃様を召し上げられてから、後宮では一度たりとも毒殺といった事件が起きておりません。それはひとえに、陛下自身が以前行なわれた官吏たちへの粛清が主だった原因だとお伺いいたしました」

「そうさなぁ。あの一件以降、妃に対する嫌がらせや暗殺紛いの行動のことごとくが減っておる」

「はい。ですが近年はそういったことはなく。むしろ妃様方に対する行動が増えてきております。その中でも、現政権といたしましては毒殺というものに強い思い入れがあると風の噂で聞いたのですが……」

「ああ、執毒事件だな。あれは悲惨な事件であった。皇族が軒並み命を落としたからな……それもあり、現政権では毒殺そのものが忌み嫌われておる。余が行なった官吏たちへの粛清後、毒殺がなくなったのはそれもあるのであろうな」

　この辺りに関しての打ち合わせなど全くしていないのだが、よくもまあここまで合わせてくれるものだなと思う。

優蘭は皇帝の言葉に相槌を打ちながら、未だに踏ん反り返っている童冠に満面の笑みを向けた。

「陛下の仰るとおり、毒殺というのは現政権にとって一番忌むべき過去なのですよ。つまり此度の犯人は、現政権……つまりは陛下に対して宣戦布告をなさったのです。宮廷、ひいては陛下の威信に関わることと存じます」

「……ふん。犯人候補の一人がよくもまあ吠える」

よく吠えるのはお互い様ですけれどね？

という言葉が口元まで出かかったが、さすがに進行に差し支えが出てくるので堪えた。

優蘭はにっこりと笑みを深めつつ手を合わせた。

「さてさて、ここで話を戻させていただきます。……ええ、はい。此度の毒殺未遂事件にございます。調査を続けていく結果、私たちは意外な結論に至りました。……蔡長官。それが一体なんだったのか、お分かりになられますか？」

「なんだというのだ」

「実を言いますとこちらの毒殺未遂事件――実際に被害に遭われたのは、この連続事件が起こるきっかけとなった賢妃様の毒味役以外、ただの一人もいなかったのです」

瞬間、童冠の顔色が明らかに変わった。顔が引きつり、ひくひくと口端が痙攣している。

一方の周囲は、優蘭の言葉の意味をどう受け取ればいいのか分からずお互いに顔を見合わせていた。

　すると柔和な笑みを浮かべた礼部尚書・江空泉が控えめに手を上げた。

「珀夫人、少々よろしいでしょうか？」

「はい。なんでしょうか、江尚書」

「あなた様の言葉をそのまま受け取りますと……そもそも、連続毒殺未遂事件など最初から起きていなかった、ということになりますが、そういうことで良いのでしょうか？」

「はい、仰るとおりです。そもそも、二件目以降は全て虚偽だったのですよ」

「何を根拠にそのようなことを言っておるのだ……医官の診断書もあるし、苦しんで倒れるのを見ている人間がいるのだぞ？　馬鹿な発言はやめろ」

　そんなはずはない、と言わんばかりの顔で童冠が呆れたように言うが、優蘭としては至って真面目だった。

「証拠はもちろんございます。……というより、調べていたらおかしいと気づいた、というべきでしょうか？　なんせ関係者に話を聞こうにも、担当していた医官は病を患ったことにより退職。陵苑に住まいを持っていたはずの毒味役たちも、皆家族ごと姿をくらませていたのです。……さすがにおかしいとは、思いませんか？」

　それを聞いた高官たちの顔色が変わった。「まさかそのようなことが……」と驚きの声を上げている者もいるが、その点に関しては優蘭も同感だ。

本当にもう、徹底して証拠を潰しに来ていたから大変だったのよ、こっちも。

童冠の顔色もみるみる悪くなっているが、まだ余裕はあるようだった。優蘭を睨みつけたまま、ふんっと鼻で笑っている。ばれない自信でもあるのだろうか。

愉快な人ねぇ……。

ここで、優蘭はぱんっと手を合わせた。

「さすがにおかしいと思った私は、つてを頼りに毒味役だった彼女たちの行方と診断書を出した医官の行方を捜し始めました。……と申しましても、この黎暉大国は大変広いです。捜すのは骨が折れます。捜索は難航いたしました」

「ふ、ふん。だろうな」

「はい。ですが、ちゃぁんと見つけましたよ。それも全員」

「…………は？」

そんな馬鹿な、という顔をしてるけど、そんな雑な対応で見つけられないとでも思ったのかしらね？

優蘭は、あまりにもお粗末な流れに呆れてしまった。

童冠は知らなかったようだが、正直言って時期が悪い。というのも、この時期の交通というのはだいぶ制限がかかるものなのだ。

陵苑は各州どこへでもいけるような位置にあるが、場所によっては山を越えたりしなくてはならない。しかも雪の降る山道を、だ。

そのため、この時期の陵苑は陵苑から各州へ行く道に制限をかけている。つまり、どこを使っていくのかが大変分かりやすくなっているのだ。

また、陵苑から一番近く舗装状況が比較的整っている州というのは決まっている。紫薔の実家、姚家がその大部分を納めている薇鮮州だ。

そんな形で目星をつけて捜索をすれば、今回の関係者ほぼ全員が薇鮮州にいたというのだから笑える話だ。本当にもう詰めが甘い。捜すのに時間がかかったのは、天候が悪く捜索班が何度も立ち往生させられたからだ。

ただ天候のお陰であまり遠くまで逃がさずに済んだともいえるのだから、良かったのか悪かったのか分からない。

捜索されたくないのであれば、行かせる場所も匿う先も作っておかなければならなかったのにね？

そんなことを思いながら、優蘭は扉の前にいた宦官――黒呂に目配せをする。

「黒呂。開けて」

そう大きめに声を張れば、黒呂が会議室の扉を開く。そしてそこから、ずらずらと人が入ってきた。

入ってきたのは、まだ年端も行かぬ少女たちと一人の女顔の男だ。誰も彼もが目をきょろきょろとさせており、落ち着きがない。だらだらと冷や汗をかいていたり、半泣きになっている者もいた。

それはそうだ。彼らからしてみたら、ここにいること自体が負担になる。

もしかしたら、虚偽罪で処刑されることになるかもしれないのだから。

そんな彼らを安心させるべく、優蘭はにこりと微笑む。

「皆様、よくぞいらっしゃいました。以前も申し上げました通り、ここで素直に自身の虚偽を認め、真実を語っていただけるようであれば、此度の不祥事は水に流すつもりです。陛下からもこのとおり、念書をいただいております」

そう言いつつ、優蘭は懐に忍ばせておいた念書を引っ張り出して全員に見えるよう掲げた。

そしてダメ押しで、皇帝自身にも問いかける。

「陛下。問題ございませんね？」

「もちろんだ。こんなにも統制の取れた動きをしているということは、このような大それたことをできた主犯格がおるのであろう？　問題はそちらだ。主犯格に繋がる情報を出せるというのであれば、余としてはその程度の虚偽報告、些末な出来事に過ぎぬ」

「というわけです。……お話し願えませんか？」

ダメ押しの甲斐もあり、彼女たちの表情に希望の光が灯る。

そんな彼らを童冠が鬼のような形相で睨んでいたが、当の彼らには見えていないようだった。それもそのはず。彼らには皇帝の言葉の方が重要だからだ。

それに、死ぬことより恐ろしいことなど何一つとしてないのだ。だから彼らが優蘭の話に乗るのは、ある意味必然だった。

まず初めに語り始めたのは、元医官だ。

「ぼ、僕は言われたとおり診断書を出しただけで、特に何もしていないんです！　そ、それに『薬師でいられなくするぞ』と言われたので、致し方なく……っ」

黎暉大国において、薬師になるためには免許が必要だ。それも国家公認の。それを剝奪されてしまえば、薬師の信頼は地に堕ちる。免許を持っていない闇薬師などもいるが、やはりそういう薬師のところには裏界隈の人間しかこないようだ。

特に医官になれるほどの人間からしてみたら、免許を剝奪されてしまうのは死活問題だろう。十分な行動理由だった。

「なるほど、脅されていたと？」

「は、はいっ。同時に、陵苑から立ち去れとも言われました。お金はいただきましたから、その……とにかく別の州へ向かったのです」

「そういう事情だったのですね、分かりました。ありがとうございます」

続いて、毒味役の少女がか細い声をあげた。

「あ、あたしは、毒味役を辞められるし、実家にも帰れるからって、それで……っ」

「あ、あたしもっ」

「わたしも、です……っ」

わたしも、わたしも、と。毒味役だった少女たちが同意していく。中には半泣きになっている子もおり、なかなかに不憫だった。

まあ、好きで毒味役になる人なんてそうそういないものね。

明貴の毒味役になった陶丁那のような人間は、まずいない。誰だって自分の身は可愛いからだ。それから解放され、挙句実家にも帰れるというのであれば、少女たちが従ってしまうのも無理はないように思えた。

彼女たちの話を全て最後まで聞き終えた優蘭は、最後に全員に向けて問いかける。

「それでは、最後に。――そのような指示を出したのは、一体どなただったのですか？」

全員が一斉に、顔を見合わせた。

そして恐る恐る、といった様子で会議室内を見回す。

その視線が童冠に向けて順繰りに注がれていった。

『あの人です』

全員が声を揃えて言う。

突如として注目を浴びた童冠は、顔を真っ赤にして狼狽えた。

「そ、そのような嘘をつくでない！　わたしはそのようなこと、決してしてはおりませぬっ！　あのような平民たちとわたし、どちらの言葉に信ぴょう性があると思いますか⁉」

まあ、そう言うわよね。

それくらいのこと、優蘭とて分かっている。なので証言をしてくれた偽造被害者たちを下がらせてから、新たな証人を迎え入れた。

もちろん、全部皇帝の許可は取ってある。

入ってきたのは、商人だった。

商人の顔を見た童冠が、大きく瞠目する。

まあ動揺するわよねー。自分が、賢妃様の毒味役に重症を負わせた毒を買った商人だものねー。

ついでに言うなら、優蘭とは顔馴染みだ。薬草関係や、専属の薬師に調合させた独自の薬などを売っている、陵苑では割と有名な商家の長男である。

証言しないと、店が潰れることになりますよ。

そんなことを伝えれば、彼は快く証言をしてくれると言ってくれた。まあ当たり前だ。国を敵に回してまで一個人を守ろうとする人間など、そう多くはない。

商人は商人らしい胡散臭い笑みを浮かべたまま、ぺこりと一礼をした。そしてすらすらと語り始める。

「わたくしめが蔡童冠様にご依頼を受けたのは、今から二月ほど前のことです。と言っても、毒をお求めになられたというわけではなく、ある毒を解毒するための『解毒薬』をお求めになられたのです。その薬は正しく飲めば『解毒薬』になりますが、正常な方が服薬されれば目眩、痺れ、嘔吐……といった症状を引き起こすものでした。最悪の場合は死に至ります。どのような用途でお使いになられるのかお伺いしたのですが、とにかく作れと言われましたので作り、お渡しいたしました」

「なるほど」

「はい。毒と薬は紙一重になりますので。……ですので決して毒を売ったというわけではございません。その点だけはなにとぞ……」

「き、さまぁ……！　多めに金を払ったというのに、こうも簡単に話すのか⁉」

「これはこれは……むしろ文句を言いたいのはこちらです。店の評判が落ちるような使い方をされるなど、たまったものではありませんよ」

しれっとした顔をしてあっさり童冠を売る同業者に、優蘭は内心ひゅう、と口笛を吹いた。優蘭がいうのもなんだが、確かにそのようなことで巻き込まれるなどたまったものではなかろう。巻き込まれる前に相手を突き落とすのは、保身のためなら当然のことである。

次々と明らかになっていく事実に、会議室内のざわめきが大きくなる。

そこで、優蘭は思ってもみなかった人の声を聞いた。

「わたしからも、発言してよろしいでしょうか？」

　珀皓月。

　今回の黒幕とされている本人が、笑みと共に挙手したのだ。

　その場の人間はおろか、優蘭さえ言葉を失うような状況下で、しかし皓月は気にしたふうもなく皇帝に問いかける。

「陛下。大丈夫でしょうか？」

「好きにせよ」

「ありがとうございます」

　この場の最高権力から許可をもらった皓月は、軽く会釈をしてからどこからともなく文を取り出す。そしてそれを、会場の全員に見えるよう掲げた。

「こちらは、蔡長官と蔡家の方々のやり取りです」

「なっ……!?」

「この通り、蔡家の方々が使用人を使い、毒味役たちを別の州へと送る……といった計画が記載されています」

「な、何故（なぜ）そんなものが……っ」

「ふふ。ご氏族の方にぜひお伝えください、蔡長官。——大切な文を、使用人の方々に処分するよう頼んではいけませんよ、と」

皓月のその言葉を聞いて、優蘭は目の奥がじんっと熱くなるのを感じた。

もしかして皓月……私があんなこと言ったから、証拠を集めてくれていたの……？

どんな理由であってもいい。皓月が自分自身を守るために行動をしてくれた。そのことが嬉しくて、優蘭は自身の顔が緩みそうになるのを必死になって隠した。

ぎゅっと唇を引き絞り、慌てふためき浩然に助けを求める童冠を睨む。

うん。最後の一押し。

地獄に堕ちろ。

そんな気持ちを込めて、優蘭は最後の証人を呼んだ。

「どうぞ、お入りください——各内司女官長の皆様」

「…………は？」

童冠が、間抜けた顔を浮かべ扉のほうを見た。

そうして入ってきたのは、五人の女官長たちだ。

何度も言うようだが、皇帝にわざわざ許可は取ってある。正直、この許可証を作って通すのが一番面倒臭かった。

しかしそのような苦労をした分だけの見返りは、あるのだ。

優蘭は一度、会議室内にいる官吏たち全員に説明をするべくぐるりと周囲を見回した。

「彼女たちをここに呼んだのは、他でもございません。此度の一件で犯人として疑われている、私の部下蕭麗月の疑惑を晴らすためです」

　そういってから、女官長たち——その中でもぴしりと背筋を正して佇む内儀司女官長・姜桂英に向かって、優蘭は問いかけた。

「姜女官長。数点質問がございます、よろしいでしょうか？」

「はい、もちろんにございます」

「ありがとうございます。……皆様には以前、私の部下である蕭麗月が公主でないことを証明するためにご協力いただきました。そのことは覚えておりますでしょうか？」

「はい」

「具体的には、どのようなことを？」

「彼の方の体に、皇族の印がないか確認をいたしました」

「その結果はいかがでしたでしょうか？」

「はい。蕭麗月の肢体に、そのような印は一つもなかったと記憶しております」

　優蘭は首を傾げた。

「おかしいですね。噂では、内食司女官長以外の全ての女官長が、『蕭麗月の肢体には皇族の印があったと言っている』とされていたのですが……」

　そうわざとらしく言うと、顔を真っ青にしていた内居司女官長が矢継ぎ早に言う。

「ち、違うんですっ。わたしたちは、内侍省長官に脅されて……！」

「具体的には、どのようなことを？」

「お、弟が昇進できないようにしてやると、そう言われたのです……！」

震えながらもそれでも必死に声を張り上げているのは、彼女の立場が中立派だからだろう。今回の件でその立場が崩れるのは避けたいという思いが、声音と一緒に伝わってくるようだった。

他の女官長たちも同様に「嘘であった。脅されていた」と証言する。内官司女官長・張雀曦の証言が妙に落ち着きを払っていて気にはなったが、今この場で言及することではないと優蘭は自分に言い聞かせた。

そして最後に、桂英が口を開いた。

「集められた場でわたしたちが内侍省長官に言われたことは、ここに一言一句違わず記録しております。また、その際に書かされた念書もこちらに」

「なっ⁉」

「申し訳ございません。勝手に拝借させていただいております」

全く悪びれる風もなく、桂英は淡々と口にする。しかしその言葉の端々に怒りのようなものを感じ、優蘭は背筋を冷やした。

わあ、怒ってる……かなり怒っているわ……。

実を言うと女官長たちの証言に関しては、もともと予定していなかった。

なのにどうしてこのようなことになっているのかと言うと、それは桂英自身が優蘭に話を持ちかけてきたからだ。

『とっておきの証拠をお持ちいたしました。珀長官』

そう言って、記録書と念書の話をしてきたときの桂英を見たとき、本当に味方で良かったなと思ったものだ。

桂英は初めからそのつもりで、童冠と接触し表面上は言うことを聞いているふりをしていたのである。

その行動力と我慢強さには、正直脱帽した。証拠を摑むためだけに望まぬことを強いられるのは、心身ともに疲弊したはず。しかし、以前取り決めた約束通りに行動を起こしてくれた彼女のことを、優蘭は心の底から頼もしく思う。

さあ、これで『蕭麗月』に関しての疑惑が払拭された。そもそも、『蕭麗月は公主である』という疑惑を元に、毒殺未遂事件に関しても疑われていたのである。これで特に問題はないはずだ。

最後の一押しも兼ねて、優蘭は純白の披帛をなびかせながら童冠のもとへ行く。そして笑いかけた。真っ青な顔をしていた童冠の表情が白くなる。

「さて、蔡長官。……何か弁明はございますか？」

「あ、あ、あっ。いや、ちがう、ちがうんだ……そ、そもそもわたしは、死人が出ないからというから話に乗っただけなのだ……！　なのに、そんな……そんな……！」

「なるほど。して、それはどなたからの上手い話だったのでしょう？」

「ど、なた……？……どなた、だろう」

まるで童のように、ぼんやりとした口調で童冠が逆に問いかけてくる。

優蘭は内心舌打ちをした。

黒幕も炙り出せると思っていたのに……この様子じゃ無理そうね。

正直言って、今回の敵方の作戦はなかなかすごかった。賢妃毒殺未遂事件を起こした上で麗月に関する嘘の情報を流し、それと毒殺未遂事件を結びつけさせるような噂話を流す。大胆で雑な部分も多いが、その実綿密に編み込まれた綺麗な作戦だったのだ。

そもそも、こんな大それたことを考えられるほど、この童冠という男は頭が良くない。どちらかと言うと気が小さく、しかしそれを隠すためにわざと大仰な態度を取っているように優蘭は感じた。

それは、優蘭に対しての短絡的な態度から見ても明らかだ。ならば、それを指示し作戦を立てた誰かが後ろで糸を引いているはず。

そう思い思わず舌打ちをしそうになったが、求め過ぎはいけないと自身をなだめた。

そう、今回の目的はあくまで、皓月を救い出すことだ。求めすぎはいけない。それに、その辺りを吐かせるのは優蘭の仕事ではない、尋問を行なう官吏の仕事だ。後は彼らに任せておけばいいだろう。

そう思い、深呼吸をしたときだった。

ぽそりと、童冠が呟いた。

「……どうして。どうして、こんなこと、に……っ」

椅子の上で崩れ落ちる童冠に対して、優蘭は首を傾げる。

「…………どう、して？　そんなの、決まっているじゃないですか。——私の夫に手を出したからですよ」

にっこり。

満面の笑みで、優蘭はそう言った。

優蘭から言えることはただ一つ、それだけだ。

真っ白な顔をした童冠が、化け物を見るような目で優蘭を見てきたがそんなことはどうでも良かった。そして童冠から視線を外したとき、彼が声を震わせながら叫ぶ。

「お、お前も……お前もあの災厄のようになるんだ……范、燕珠のように……！」

范燕珠。

その名前に、その場にいた全員が怪訝な顔をした。それもそのはず、その名前は禁忌とされている名前だからだ。

しかしただ一人。張雀曦だけは、その名を聞いて唇を震わせた。まるで、何かの痛みに耐えるように。優蘭はそれを、視界の端で捉えていた。

だがとりあえずは、場を収めなくてはならない。適任は優蘭だけだった。そうして童冠が官吏たちに取り押さえられて連れて行かれる中、優蘭は深々と頭を下げる。

「この度は大変お騒がせいたしました。……それでは、紫金会を続けましょうか」

人が一人いなくなったにもかかわらず、それから紫金会は淡々と進み。

そして何事もなかったかのように、あっさりと幕を閉じた。

冷ややかな冬の静けさだけを残して。

終章　寵臣夫婦と、陰と陽

『賢妃毒殺未遂事件』『麗月公主疑惑』『紫金会』——

その全てが丸く収まり、皓月にかかっていた疑惑も払拭できた。広まってしまった噂ばかりはどうすることもできないが、人の噂も七十五日。時間の経過とともに、だんだんと薄れていってしまうだろう。なので優蘭はそこまで心配していなかった。

それよりも安心したのは、皓月の噂を無事払拭できたこと。同時に、皓月が自分自身のために動いてくれたことだった。

それだけのために自分が持ちうるもの全てを使って、紫金会での準備を整えたのだ。感動もひとしおというものである。

が、一つだけ大きな問題があった。

当の本人、皓月と仲直りをしていないことである。

そのため二人は、ようやく予定が合った夜の時間を使い居間で顔を突き合わせていた

——

＊

しんと静まり返った居間にい始めてから、どれくらいが経っただろう。

優蘭と皓月はお互いに口を全くきかないまま、俯いていた。俯いているのは簡単、単純に目を合わせにくかったからである。

だって、ねえ……？

優蘭は、自分の発言を思い出していた。

今思えば、だいぶ大それたことを言ったなと思う。まあとにかく、謝らなければならないことには違いなかった。

なのに未だに口が開けないのは、優蘭が臆病だからである。

これを機に、離縁という話になったらどうしようかしら……。

そう思うだけで、ずきずきと胸が痛む。そんなふうな痛みが皓月に対する好意からくるものだということを優蘭は紫金会が終わってからなんとなく実感をしていた。

ああ、私、この人のことが好きだから、こんなにもイライラしたり悲しくなったり嬉しくなったり、なんでもしたくなるのね。

璃美が言っていた通りだ。優蘭は、皓月のことが好きなのだ。恋愛感情というのを除いたとしても、どうしようもなく。

そう思って納得し、同時に何を今更、という冷静な自分が嘲笑をする。

――今更、本物の夫婦面をするの？　所詮政略上の関係でしか成り立たないくせに。

それは、優蘭の奥底に眠る劣等感だった。皓月のことを考えると不思議と湧き上がってきて、優蘭の心を黒く塗りつぶしていく。

――今更そんな年齢で、何を言っているのよ。

――見目も整ってない、年齢も上、皓月と何一つ釣り合うものなんて持っていないくせに。

――そんな私に、皓月が好意を持ってくれてるはず、ないじゃない。

ぐるぐる、ぐるぐる。自分の中に眠る劣等感が、優蘭の心に巻きついて締め付けていく。

その様な感情が自分の中にあることに驚くと同時に、本当にもう恋愛感情というのはどうしようもないものなのだなぁと実感した。

恋は盲目、とはよく言ったものだ。本当に、皓月のことを考え出すとキリがないしどこまでだってずぶずぶと沈んでいける気がする。

しかし、優蘭は切り替えるのが得意だった。今になって気づくくらい、自分は恋愛感情に対して鈍感なのだ。なら、ここで皓月から優蘭に対する嫌悪の発言を聞いても、傷は浅くて済むだろう。

それはもちろん胸は痛むだろうが、悪いのは優蘭だ。甘んじて受け入れるしかない。

そう思い、深呼吸をして口を開いた。

「あの、皓月、」

「……優蘭、」

二人の声が、重なって響いた。

思わず顔をあげれば、ぱちっと皓月と目が合う。彼は目を丸くしながら優蘭を見ていた。

まさか、同じときに口を開くとは。気が合いすぎではないだろうか。

そう思っていたのは皓月も同じだったのだろう。少し気恥ずかしそうにはにかみ、行き場のない言葉をどこへやったらいいものかと開閉を繰り返していた。その表情があどけない子どものようで、なんとなく笑ってしまう。

すると、皓月も優蘭に続いて笑い声をあげて。優蘭も、くすくすと笑いながら肩を震わせた。

先ほどとはいっぺん、居間に楽しげな笑い声が響く。

ひとしきり笑った後、優蘭は口元に手を当てながら言った。

「す、すみませんっ……思わず、笑ってしまいました」

「ふふふっ……いえいえ。わたしこそ失礼いたしました。……それで、なのですが」

「はい」

一拍。

一際大きな深呼吸をしてから、皓月が深々と頭を下げる。

「この度は、本当に申し訳ありませんでした」

顔が見えなくても伝わってくる真摯な声に、優蘭の心臓が大きく跳ねた。同時に、先に謝罪の言葉を取られてしまい慌てふためく。

「そ、そんな。顔を上げてください、皓月。今回の件、非があるのは私なのですからっ」

「いえ、そのようなことは断じてありません。それに……わたしは結局、優蘭の望むような結果を出せませんでした。しかも、優蘭に助けてもらう形になってしまって……本当にもうなんと言ったらいいのか」

自分が不甲斐なくて情けないです。

そう弱々しい声で言う皓月に、優蘭はぐっと唇を嚙んだ。

「そ、んなこと、言わないでください」

「……え……」

「私、皓月だったから……皓月が皓月だったから、今回死ぬ気で頑張ったんです。絶対に疑惑を払拭して、あなたの汚名を雪いでやろうって思ったんです。だから……そんなこと、言わないでください……！」

驚いた様子の皓月が、顔をあげる。

そうして見上げた優蘭の目は、今にもこぼれ落ちそうなほどの涙で潤んでいた。

涙をこらえつつ、優蘭は続ける。

「そ、れに。夫婦って、そういうものじゃありませんか。助け合って、支えられて。そうやって生きるものじゃないですか」

「あ……」

「だから、もう。――勝手に突っ走って、独りでどこかへ行こうとしないでください」

それだけが、優蘭の祈りで願いだった。

それさえ守ってくれるなら、何も言わない。何も望まない。

だって、皓月は気づいたら独りでどこかへ行って、そのままもう二度と帰ってこない。

そんな不安定で曖昧(あいまい)な雰囲気を持っていたから。

優蘭が思わず睨(にら)むような目でそう言うと、何回か目を瞬かせた皓月がふっと表情を緩ませる。

「はい。……はい。もう二度と、いたしません」

「……本当に本当に、約束ですよ」

「はい、絶対に。今この場にて誓いますよ」

「……今度こそ、ちゃんと最後まで信じさせてくださいね」

「もちろんです」

「……ならいいです」

本当かなぁ、とも思ったが、皓月が誓ってくれると言うのだからそれを信じたい。

それに。

これで以前と変わりないいつも通りの生活に戻るのなら、優蘭としてはもう言うことがなかった。

ちょっとだけ、胸は痛むけれど、ね。

そんなことを思いながらも、二人は仲直り記念に晩酌をしたのだ。


ちょっと、飲みすぎたかも……。

風呂に入ってから、寝室に向かう途中。優蘭はそんなことを思った。

もともと酒には強い方なのだが、今日は妙に足元がふわふわしておぼつかない。皓月と仲直りし気分が高揚した結果、調子に乗っていつもより多めに飲んでしまったからだろう。

水を多めに飲んで、今日は大人しく寝ましょう……。

そう思いながら、いつもの調子で寝室の扉を開く。

そして固まった。

皓月が、寝台の上ですやすやと寝息を立てていたからだ。

あ、あーそういえばそうだったー。

今朝方、璃美に「寝室、今日から一緒にしておくわねっ！」と言われたことを、今更ながら思い出す。一応まだ寝台自体は部屋のどこかにあるはずなので、別室で寝ようと思えば寝られる。だが璃美が現れそうな気配を感じ、優蘭は神妙な顔をしながら寝台に腰掛けた。

その状態で皓月を見れば、穏やかな寝息を立てている。なんとなく、普段よりも若く見えて可愛らしかった。

珍しく優蘭より先に眠りについているのは、夕餉の際に飲んでいた酒の量が尋常じゃない量だったからだろうか。

……まあ、ちょっとだけなら……いいわよね？

好奇心をくすぐられ、優蘭はそっと皓月の頬に手を伸ばす。

つやつやすべすべだ。正直、負けたような気分にさせられる。しかし一度触り始めたらなんとなく止まらず、今度は皓月の髪の毛に指を絡ませた。

「ほんと、綺麗ねぇ……」

誰もいないことをいいことに、思わず呟く。

ずっと触っていたくなるような、滑らかな触り心地の黒髪だった。

そうやって弄りながら、どうしたものかと首を傾げる。

さすがに同じ寝台で寝るのは……なんていうのかどうなのかと思うのよね。でもここ以外眠れる場所はないし……長椅子で寝たら確実に明日体がバキバキになっているだろうし……うぅん、困ったわ。

なでなで。

皓月の頭を撫でつつ、思案。

そんなふうによそ見をしながら考え事をしていたせいか。優蘭は、皓月の瞼がうっすら開いたことに気づかなかった。

「……………ゆう、らん……？」

ぼんやりとした声の皓月が、優蘭の名前を呼ぶ。優蘭は目を瞬かせた。

あ、やば。私のせいで起こしちゃった。

まああれだけ不躾に触っていたら、いくら寝ていようが起きるというものであろう。

優蘭は反射的に手を引こうとする。

それなのに。

――ぐいっ。

「……え？」

手首を勢い良く引かれて、優蘭はそのまま寝台に飛び込んだ。

気づけば視界が反転しており、何故か皓月が優蘭の上に覆いかぶさっている。あまりのことに思考が停止し、喉の奥から変な声が漏れた。悲鳴どころかただの奇声だ。

「こここここ、こう、げつっ!?」

「……優蘭……優蘭だ……ふふ……」

ああああああ完全に酔っている上に夢見心地いいいいい。

なのに優蘭の心臓はバクバクと音を立てて鳴り止まない。正直言ってかなりまずい状況だった。

どうにかして逃げ出そうと視線を彷徨わせるが、この体勢から逃げ出すのは至難の業だ。

優蘭は気が動転する。

やばいやばいやばいやばい。落ち着け、私。落ち着きなさい私……!

それなのに。

「ふふ……優蘭、とっても可愛いですね……?」

なんて、世迷言を言われるから。

優蘭の思考がとうとう停止した。

見上げれば、とろけるような笑みを浮かべた皓月が笑い声を上げている。そして優蘭が行なっていたように、片手で優蘭の髪を弄び始めた。

ひぃ。

びくりと体が大袈裟なくらい震える。そんなことには構わず、皓月は優蘭の頰を指先で撫でた。

「ああ……」

「ひっ」

「とっても柔らかいですね……まるで、夢みたいです」

夢じゃないです現実です。

そう言いたかったが、喉の奥からくぐもった悲鳴を上げるだけで精一杯だ。一刻も早くこの時間が終わらないと、優蘭の心臓がいい加減破裂する。

こういうときってどうしたらいいの……!?

そう、優蘭がぎゅっと目を瞑った。そのときだった。

ちゅっ。

頬に、柔らかい感触が走る。

驚き目を見張れば、皓月の頭がすぐ近くにあった。

それを見てようやく、自分が頬に口づけをされているということに優蘭は気づく。

「………………え？」

「……ふふ。――好きです」

好きなんです、優蘭。

囁くようなのに。張り裂けそうなほどの想いを含んだ言葉に、優蘭は目を見開いた。

……え、今私は……なんて言われたの……？……好き？　す、き？　皓月に、好きって言われたの？

急展開すぎて、思考が追いついていかない。

そしてそれは皓月も同じだったようで、彼はそのままこてりと力尽きたように眠りに落ちてしまった。覆いかぶさられるように乗ってくる重みが、妙に現実的だ。

残されたのは、酒の飲み過ぎと突然の問題発言により頭が痛い優蘭だけ。

そんな彼女も、もう限界だった。

あ……意識が遠く……。

そうして優蘭は、そのまま意識を遠い彼方（かなた）に飛ばしたのだ――

＊

次の日の早朝。

優蘭は一人馬車に揺られながら、頭を押さえていた。

「あー……頭痛い」

完全に、二日酔いのそれである。酒は飲んでも飲まれるな。やはり何事もほどほどが肝心だなと改めて実感する。

しかしそれよりもこんなに頭痛がひどいのは、ほぼほぼ皓月のせいだ。

……好きですって。私の幻覚？　聞き間違い？

肝心の皓月本人は、優蘭を置いて早々に出勤をしていた。

私がこんなにも気を揉んでいるというのに……。

イライラともやもやとドキドキが同時にくる。一体全体どういった状況だ。頭を打ち付けてもいいなら、思い切り打ち付けているところだ。

「はぁぁぁぁ…………」

自分の中に残るわだかまりを上手く消化できず、大きくため息を吐いたときだ。

ふいに、馬車が止まった。

否。誰かの制止により、無理やり止められたというべきか。

従者の何やら叫び声が聞こえるが、馬車の中にいる優蘭には聞こえなかった。

え、何、いったい。

それから少しして、馬車の扉が開かれた。

「…………このような場所で、このような時間に、大変申し訳ございません」

そんな言葉とともに入ってきたのは、黒衣の官吏服姿の男性だった。黒ということは刑部だ。そして、優蘭は彼の姿をつい先日見ていた。

刑部尚書・尹露淵。

何故、刑部尚書が自らこんな場所に……？

嫌な予感がする。そしてこういうときの優蘭の勘は、よく当たるのだ。

「珀優蘭長官」

「は、はい。なんでしょうか」

「我々と一緒に、ご同行いただきたいのです」

「……………は？」


「あなたに、賢妃暗殺疑惑がかけられました。――どうぞご同行ください」

その言葉に何故か、童冠が最後に吐き捨てた言葉が脳裏をよぎる。

『お、お前も……お前もあの災厄のようになるんだ……范、燕珠のように……！』

あの言葉はもしかして、今の現状を示唆する言葉だったのではないだろうか。つまり范燕珠は、無実の罪で殺されたのだろうか。

その問いに答えられる人間は、誰もいない。

ひゅう。

冬の冷たい風が一陣、一際大きく吹き抜けていった。

あとがき

お久しぶりです、しきみ彰です。

四巻、無事にお届けすることができました！

紆余曲折あり書き上げるまでに時間がかかってしまったのが大変申し訳ないのですが、楽しんでいただけましたでしょうか？

あとがきにはネタバレが多分に含まれますので、まだ本編を読んでない方はバックしてくださいね。


さてさて。読んだ方は分かると思いますが、激動の四巻です。

登場人物たちの目的や思惑、行動などなど、様々なものが交錯した四巻でした。裏でも蠢いておりまして、作者としてもとても楽しいです。

一番変化があったのは、やはり寵臣夫婦ですね。そう、そうなんです。初の夫婦喧嘩でした。夫婦になったからには一度はやってくるものですが、この二人の場合お互いを思い合うがゆえの、怒りが先行するタイプの喧嘩なので、書いてるこちらも何度か泣きかけました。というより泣きました。

皓月の母・璃美もこう上手く嚙み合わない感じが出てまして、もどかしいですがなんとか一歩前進。珀家の絆が深まった巻でした。

そんな璃美は、四巻表紙奥に登場しています。華やかですね……作中イメージぴったり。その手前にいるのが、今回凄まじいタフネスを見せつけた桂英です。利用されそうになるのであれば逆に利用してやる、一度決めた言葉は違えない、そんな女性です。凛とした佇まいがよく表れています。素敵。

また、今回は恋愛成分も多めとなっています。優蘭も自分の気持ちを確認し、皓月はとうとう大胆な行動まで。今までのじりじりではなく、大きな一歩ですよ！　どうなるのか分からない二人の先を、これからもぜひお楽しみいただけたらと思います。

コミックス二巻のほうも発売しています。原作一巻分、最後まで描かれています。原作とまた違った角度から作品を楽しめますので、よろしければ読んでみてくださいね。廣本シヲリ先生の素敵な優蘭と皓月（女装）のイラストが目印です。

今回も素敵な表紙を仕上げていただいたIzumi先生。作中のキーアイテムや季節感などがちゃんと出ています。表紙から作品の雰囲気が匂い立つようですね。いつも本当にありがとうございます。

また、私の体調不良もあり今回大変ご迷惑をおかけした編集様方。そんな中でもサポートしてくださったこと、本当にありがとうございます。こうして無事に本を出せたこと、嬉しく思います。

最後に、四巻まで読んでくださった皆様。本当にありがとうございます。皆様がかって読んでくださったおかげで、こうして四巻を出せています。

次巻こそはなるべく早くお届けできるよう頑張りますので、よろしくお願いします。

しきみ彰

お便りはこちらまで

〒一〇二―八一七七
富士見L文庫編集部　気付
しきみ彰（様）宛
Izumi（様）宛

富士見L文庫

後宮妃の管理人 四
～寵臣夫婦は立ち向かう～

しきみ彰

2021年3月15日　初版発行
2024年10月30日　9版発行

発行者　山下直久
発　行　株式会社 KADOKAWA
〒102-8177　東京都千代田区富士見2-13-3
電話　0570-002-301（ナビダイヤル）

印刷所　株式会社 KADOKAWA
製本所　株式会社 KADOKAWA
装丁者　西村弘美

定価はカバーに表示してあります。　◆◇◇

●お問い合わせ
https://www.kadokawa.co.jp/（「お問い合わせ」へお進みください）
※内容によっては、お答えできない場合があります。
※サポートは日本国内のみとさせていただきます。
※Japanese text only

ISBN 978-4-04-073949-6 C0193